bei Aachen
August 2012

Ihre Tochter stiehlt? Ihr Schwager will Sie ständig abbusseln? Ihre Schwiegermutter hasst Ihr Christstollenrezept? Frau Senta weiß Rat! Hinter dem Pseudonym »Frau Senta« verbirgt sich Marlene, Anfang dreißig und Single. Als Redakteurin einer Herz-Schmerz-Zeitschrift beantwortet sie Leserzuschriften. Doch eines Tages gerät ihr wohl geordnetes Büroleben aus allen Fugen: Ihre Schwester stürzt vom Hochsitz, ihre vierzehnjährige rotzfreche Nichte zieht zu ihr, und einer ihrer Leserbriefschreiber steht leibhaftig vor ihr und verlangt statt guter Ratschläge handfeste Taten: Die Frau, die Thomas vor zehn Wochen heimlich geheiratet hat, ist verschleppt worden. Und »Frau Senta« soll sie finden. Da es sich bei der Verschwundenen um Marlenes beste Freundin handelt, kann Marlene schlecht nein sagen. Doch außer einem ausgebrannten Auto voller Blut gibt es keine Spur von der Vermissten. Die toughe Kommissarin Dorte Jürgens möchte darauf wetten, dass Thomas mit dem Verbrechen zu tun hat.
Der etwas andere Krimi – phantasievoll und witzig.

Uli Aechtner, geboren 1952 in Bonn, war Journalistin für das Französische Fernsehen TF1, für die ARD und für das ZDF. Sie lebt und arbeitet als freie Autorin im Rhein-Main-Gebiet. Im Fischer Taschenbuch Verlag erschienen ihre Romane ›Programmschluss‹ (Bd. 14959) und ›Meine erste Million‹ (Bd. 15487).

Unsere Adresse im Internet: www.fischer-tb.de

Uli Aechtner

Liebe Frau Senta

Roman

Fischer Taschenbuch Verlag

Die Frau in der Gesellschaft
Herausgegeben von Ingeborg Mues

Originalausgabe
Veröffentlicht im Fischer Taschenbuch Verlag,
einem Unternehmen der S. Fischer Verlag GmbH,
Frankfurt am Main, April 2003

Satz: Pinkuin Satz und Datentechnik, Berlin
Druck und Bindung: Clausen & Bosse, Leck
Printed in Germany
ISBN 3-596-15704-8

Inhalt

Fahrt ins Nichts

Die Sonne tanzte über die Windschutzscheibe. Die ersten Herbstblätter warfen bunte Schatten. Sie fuhr langsam, ganz langsam. Hinter ihr drängelte ein VW-Bus, ein gelber.
»Ich liebe dich«, sagte er.
Seit zehn Wochen kannten sie sich. Zwei wildfremde Menschen bis dahin. Nicht mehr jung. Ein halbes Jahrhundert hatte ein jeder von ihnen hinter sich, mehr als das halbe Leben. Vor vier Wochen dann die Hochzeit.
Flitterwochen. Flirrender Herbst. Wie überreife Früchte so süß.
Seine Hand lag auf ihrem Knie, ganz leicht schob er ihren Rocksaum höher.
»Ich liebe dich«, sagte er wieder.
»Hör auf damit«, kicherte sie nervös.
Sie blickte auf die Straße vor ihr, atmete tief.
Flirrendes Licht. Altweibersommer.

Der VW-Bus setzte zum Überholen an, sie sah ihn im Rückspiegel. Ein gelber Blitz im Herbstwald. Reifenquietschen. Das fremde Auto hatte sich vor ihnen quer gestellt.
»Mon Dieu«, fluchte sie und trat mit aller Kraft auf die Bremse.
Das war's dann also, dachte er. So sieht das Ende aus. Dabei hätten wir so glücklich sein können.
Sie schloss die Augen, krampfte sich am Lenkrad fest, seine Hand krallte sich in ihr Fleisch. Reifenquietschen. Ihr Wagen stand.
Zwei junge Männer liefen in leichtem Tempo auf sie zu, sportliche junge Jogger. Sie rissen die Fahrertür auf.

»Raus hier, raus, sofort!«
Sie hatten Waffen in den Händen, Gewehre mit abgesägten Läufen, würde er später sagen. Es war wirklich alles vorbei.
»Nein!«, schrie er, wollte er schreien, er brachte keinen Ton heraus. Sie zerrten sie aus dem Wagen. Sie verlor einen Schuh, einen roten, einen ihrer Lieblingspumps.
»Mignon!« Er streckte beide Arme nach ihr aus, eine sinnlose Geste.
»Thomas ...«, stammelte sie. »Bitte!«
Sie schleppten sie in den VW-Bus, nur einen Schuh an den Füßen, einen roten, stießen sie hinein und warfen den verlorenen Schuh hinter ihr her.
Reifenquietschen.
Er starrte ihnen nach, wie gelähmt. Hockte auf dem Beifahrersitz und wollte sterben.

Ja, so muss es gewesen sein, sagte ich mir, genau so. Ich habe mir diese Szene so oft vorgestellt, dass ich schließlich glaubte, ich sei dabei gewesen.

Alltagsprobleme

Liebe Frau Senta!
Unsere Tochter stiehlt! Wir haben in ihren privaten Sachen eine ganze Kollektion teurer Lippenstifte gefunden. Wo hat sie die her?
Ihre Irma Buchler aus Köln

Mein Gott! Woher soll ich das wissen? Und außerdem, liebe Frau Buchler aus Köln: Man fummelt nicht in den privaten Sachen der Tochter herum.

Ich bin Redakteurin. Ich verantworte die Kolumne ›Fragen Sie Frau Senta‹. Ich heiße nicht Senta, nicht wirklich. Meine Mutter liebte den Film. Das große Kino. Sie verehrte die Dietrich. Ich heiße Marlene.
Der Kummerkasten ist keine einfache Sache. Frau Doktor Walther, unsere Verlegerin, schwört Stein und Bein, dass er das Herz unseres Blattes ist. Durch meine Kolumne wird die Leserin an unser Blatt gebunden, sagt Frau Doktor Walther. Und ich tue alles dafür, dass das so bleibt.
Die Flut der Briefe, die auf meinem Schreibtisch landet, ist manchmal kaum zu bewältigen. Es gibt aber auch Zeiten, da gehen nur wenige Briefe ein. Doch ich weiß mir zu helfen. An schlimmen Tagen, wenn ich zu wenig Post im Eingangskorb habe, erfinde ich selbst ein paar Anfragen. Das macht mir am meisten Spaß. Aber davon hat meine Chefin keine Ahnung.
Ich werfe meinen PC an. *Liebe Frau B. aus Köln,* schreibe ich flüssig. *Diebstahl ist kein Kavaliersdelikt. Das sollten Sie Ihrer Tochter erklären. Am besten bringen Sie sie dazu, die Sachen zurückzugeben. Aber seien Sie auch nicht zu streng mit ihr. Hinter solchen Delikten verbirgt sich oft kindlicher Trotz. Versuchen Sie herauszufinden, was ihr an diesen Lippenstiften so wichtig war! Ihre Frau Senta*
Schnaufend fahre ich meinen Drehstuhl zurück. Ihre Frau Senta! Das arme Kind ist vernachlässigt. Die Kleine hängt bestimmt den ganzen Tag allein vor der Flimmerkiste und guckt *MTV*, während die Mutter Geld verdient, um die neue Ikea-Küche bezahlen zu können. Und dann soll das Kind super Noten haben. Mal was werden. Aber vorher darf sie das Leben nicht ausprobieren, muss still im Wohnzimmer sitzen und warten, bis sie erwachsen ist.

Der nächste Brief, hopp, hopp. Die Herbstsonne lacht draußen wie Gold. Da will ich noch eine Runde mit dem

Hund drehen. Ich muss zusehen, dass ich bald Feierabend machen kann.

Liebe Frau Senta!
Warum sagt er mir nie, dass er mich liebt?
Dass ich nicht lache! Mit Jakob war ich fünf Jahre zusammen, und er hat mir nicht einmal gesagt, dass er mich liebt. Das soll Mignon beantworten.
Mignon ist eigentlich für *Die Lebensbeichte* zuständig, aber sie hilft mir schon mal, so zum Spaß. Mignon ist Französin, die kennt sich aus mit *l'amour*.
Wo bleibt Mignon überhaupt? Sie hätte heute aus ihrem Urlaub zurückkommen müssen. Sie ist doch sonst immer so pünktlich. Und ich will unbedingt wissen, wie ihr Urlaub war. Ob sie jemanden kennen gelernt hat? Oder habe ich mich im Datum geirrt?
Ich lege den Brief auf ihren Schreibtisch.

Liebe Frau Senta!
Ich wurde schon wieder bei der Beförderung übergangen!
Himmel, ich auch! Seit einem Jahr sitze ich hier an diesem Schreibtisch und beantworte diese Briefe. Dabei hatte mir Frau Doktor bei der Einstellung fest versprochen, dass ich auch mal über gesellschaftliche Ereignisse berichten dürfte. Der Börsenball, der Rot-Kreuz-Ball, der Ball des Sports … Wen könnte ich da alles treffen! Boris Becker. Dieter Bohlen. Nicht auszudenken.
Liebe Frau Niggenböll, schreibe ich in meinen Computer, *vielleicht weiß Ihr Boss nicht, was Sie können? Bitten Sie ihn um ein Gespräch! Zeigen Sie ihm, dass Sie an neuen Aufgaben interessiert sind …*
Genau, das würde ich tun. Ich würde Frau Doktor um ein Gespräch bitten.

Der Spaziergang mit dem Hund gibt mir Kraft. Die Sonne steht ganz schräg über der Stadt, die Bäume im Park leuchten ockerorange. Wir lassen uns Zeit. Waldi schnüffelt an jedem Strauch, und ich bleibe jedes Mal stehen und blinzele in die Sonne.
Mignon nennt Waldi *chouchou* oder *chou-fleur*, und wenn sie denkt, ich kann sie nicht hören, sagt sie zärtlich Knoblauchfleischwurst zu ihm. Natürlich ist das gemein. Waldi ist ein feiner Hund. Ein hellbrauner Langhaardackel mit seidig gepflegtem Fell. Dass er von seinem früheren Frauchen etwas rund gefüttert worden ist, dafür kann er nichts. Bei mir hat er schon zwei Kilo abgenommen.

Die Treppen zu unserem Apartment trage ich Waldi hoch. Dankbar schaut er mich an, hechelt und schleckt mir durchs Gesicht. Er hat es gut bei mir. Wenn wir unseren Diätplan und unser Fitness-Programm durchhalten und weiterhin brav unsere allabendlichen Runden drehen, kann Waldi die Treppen in ein paar Wochen alleine schaffen.
»Jaja, mein Guter«, murmele ich in sein weiches Hängeohr, »das wird schon alles.«
»Hast du dieses Vieh noch immer?«
Auf der letzten Treppenstufe zu unserem Apartment sitzt meine Nichte. Sie ist auf Waldi eifersüchtig, seit ich ihn bei mir aufgenommen habe.
»Hallo, Nelly! Schön, dass du uns mal wieder besuchen kommst.«
»Hallo, Tante Senta! Du ahnst nicht, was passiert ist!«
Nelly schnieft. Sie nennt mich immer Tante Senta, obwohl sie nun wirklich weiß, dass ich Marlene heiße. Ich drücke ihr Waldi in den Arm und beginne die umständliche Suche nach meinem Haustürschlüssel in meiner ausladenden Louis-Vuitton-Tasche, einem überaus großzügigen Geschenk von Mignon. Na ja, eigentlich war es eher ein

Tausch. Ich habe meinen erbsengrünen Lackmantel für die Tasche hergegeben. Mit der Farbe hatte ich es nicht so. Aber Mignon mochte sie. Ich tausche alles Mögliche mit meinen Bekannten aus, ich gehe gern auf den Flohmarkt, und das meiste, was ich besitze, habe ich *second hand* gekauft. Aber das sieht man mir nicht an.

»Nun mach schon«, quengelt Nelly und streicht sich ihre zippeligen Haare hinters Ohr. »Wenn ich nicht gleich reden kann, platze ich!«

Endlich habe ich meinen Schlüssel gefunden und die Wohnungstür geöffnet. Wir purzeln alle drei in meinen Flur. Nelly lässt sich mit Waldi auf dem Boden nieder, direkt vor der Klotür. Der Einfachheit halber hocke ich mich dazu.

»Und? Wo brennt's?«, will ich wissen.

»Mama ist im Wald vom Hochsitz gefallen«, flüstert Nelly und beginnt zu weinen.

»Vom Hochsitz? Was wollte sie denn im Wald? Pilze suchen?«

»Nee, ficken!«

Ich zucke zusammen. Nelly ist vierzehn. Ich weiß, dass die Jugend ein bisschen salopp ist. Aber das ist ja kein Grund, unsere schöne deutsche Sprache dermaßen mit Unflätigkeiten zu spicken. Noch ehe ich ihr das sagen kann, schlingt Nelly beide Arme um mich und tränkt meinen Seidenpulli mit ihren Tränen. Der Hund klemmt zwischen uns, die arme Knoblauchfleischwurst, und sabbert auf meinen schönen roten Lederrock.

»Okay«, seufze ich ergeben, »jetzt erzähl mal!«

»Sie hat doch diesen neuen Freund, diesen Griechen. Hektor heißt er. Der Kerl ist fünfzehn Jahre jünger als sie! Das musst du dir mal ausrechnen!«

Wenn Nelly aufgebracht ist, fängt sie an, ein bisschen zu lispeln. Jetzt lispelt sie.

»Und?«, will sie wissen.

Ich nicke beruhigend und rechne. Meine Schwester ist acht Jahre älter als ich. Wenn Hektor fünfzehn Jahre jünger ist als meine Schwester, dann ist er im besten Jünglingsalter, nämlich gerade mal fünfundzwanzig. Je älter Margret wird, desto jünger werden ihre Liebhaber. Das ist Margrets Therapie gegen das Älterwerden.
»Fünfundzwanzig!«, teile ich das Ergebnis meiner Rechnung mit.
»Eben!«, sagt Nelly.
Ich winde mich aus Nellys Umarmung und gebe den Hund frei. Erschöpft lässt sich die arme Knoblauchfleischwurst auf meine Perserbrücke plumpsen.
»Nun erzähl endlich mal der Reihe nach«, fordere ich Nelly auf und strebe Richtung Küche. »Ich mache uns inzwischen einen schönen Kakao.«
Nelly nickt eifrig. »Sie hat es mit ihm im Wald getrieben. Auf dem Hochsitz.«
Die Kakaokanne in meiner Hand schwankt gefährlich. Ihr Deckel zittert.
»Äh …«, sage ich. »Im Ernst?« Um das Liebesleben meiner Schwester muss ich mir wohl keine Sorgen machen.
»Und dabei ist sie runtergefallen!«
»Wie denn das?« Wenn das keine Leidenschaft war!
»Vermutlich hat er sie … über die Brüstung gedrängt oder irgendwie falsch hingelegt …« Nelly weint wieder.
»Ach, komm!« Ich ziehe Nelly erneut in meine Arme. »Ist ihr denn was passiert?«
»Ich weiß nicht, wie sie das gemacht haben. Er hat den Notarzt gerufen, und sie haben sie auf einer Trage aus dem Wald … Und sie war ganz nackt … Und …«
Ich versuche mir das vorzustellen: Ein rotweißer Rettungswagen mitten im rotbraunen Wald und meine blasse Schwester wie ein verrenktes Tier im Laub, die roten Haare auf den rostbraunen Blättern ausgebreitet.

»Ist sie schlimm verletzt?«, frage ich.
»Sie haben sie ins Krankenhaus gebracht. Nackt wie sie war. Und Hektor, das Schwein, war vollkommen angezogen.«
»Hm.«
»Tante Senta, darf ich bei dir bleiben?«
»Hm.«
Was bleibt mir übrig? Sie ist meine Nichte. Und meine Schwester ist allein erziehend. Nellys Vater war Seemann und hatte in jedem Hafen eine Braut. Nein, das stimmt jetzt nicht. Er war ein Kollege meiner Schwester. Ihr Boss sogar. Verheiratet. Als Margret schwanger war, hat er sie nicht mehr gekannt. Er ist weggezogen, in eine andere Stadt, mitsamt seiner Firma, seiner Frau, seinen Kindern. Meine Schwester hat er fristlos entlassen.

Ich mache Nelly ein Bett auf der Couch im Wohnzimmer, koche endlich den Kakao. Öffne Waldi eine Dose Chappi. Es wird schon alles werden. Morgen muss ich erst mal ins Büro. Nach Dienstschluss werde ich meine Schwester im Krankenhaus besuchen. Und danach werde ich nachdenken, was zu tun ist.

Hilferufe

Liebe Frau Senta!
Mein Mann macht sich über mich lustig! Mal lacht er über meine Garderobe, die ich leider oft sehr unglücklich zusammenstelle. Mal lästert er über etwas, was ich gekauft habe, obwohl ich es nicht brauche. Mein Mann erzählt meine Missgeschicke auch bei seinen Freunden herum!

Wenn ich ihn bitte, damit aufzuhören, lacht er erst recht. Er meint, das sei doch alles nur Spaß!
Ihre Sieglinde M. aus Mainz

Oje. Diese Frau sollte Spaß verstehen lernen. Oder ihren Mann verlassen. Je eher, desto besser.
Liebe Frau M.! Die Späße Ihres Gatten gehen zu weit. Sie lassen Respekt und Achtung vermissen! Und auch Liebe! Er nutzt Ihre Schwächen, um damit bei seinen Freunden als Spaßmacher im Mittelpunkt zu stehen.
Machen Sie ihm deutlich, dass Ihnen das nicht gefällt.
Ein Typ, der immer eine Bühne braucht und ein kleines Stück aufführen muss. Vermutlich stammt er aus einer hysterischen Familie. Aber das kann ich der Frau schlecht schreiben. Ich bin schließlich keine Therapeutin.
Der Nächste bitte.

Liebe Frau Senta!
Unsere Tochter ist jetzt vier Jahre alt, aber sie spricht immer noch kein Wort! Ihre Organe sind in Ordnung. Fünf Ärzte haben sie untersucht. Sie hat aber ein Jahr allein im Krankenhaus verbracht und ist dadurch in ihrer Entwicklung zurückgeblieben.
Verbrecher! Ein so kleines Kind ein Jahr allein in einer Klinik zu lassen! Vermutlich ist es intelligent und stark und hat keine Lust, nach alledem auch noch dem elterlichen Leistungsdruck nachzugeben.
Liebe Frau Petra aus N.!
Keine Sorge! In so einem Fall braucht man Geduld! Setzen Sie Ihr Kind nicht unter Druck. Freuen Sie sich über jedes Wort, das Ihre kleine Tochter freiwillig sagt! Haben Sie schon einmal überlegt, einen Kinderpsychologen aufzusuchen?
Sie sollten eine Therapie machen, liebe Frau Petra, Sie,

nicht Ihr Kind. Was haben Sie als Kind erlebt? Hat Ihre Mutter Sie auch abgeschoben? Allein gelassen? Eltern geben meistens das an ihre Kinder weiter, was ihnen selbst widerfahren ist.

Ich greife zum nächsten Brief, schiebe den Stapel zur Seite, den ich bearbeiten muss. Mignon fehlt heute immer noch. Frau Doktor meint, ich solle mir keine Sorgen machen. Mignon habe vielleicht einfach keinen Flieger gekriegt. Mignon fliegt gerne Stand-by. Da kann so was mal passieren. Ich finde das trotzdem seltsam. Normalerweise ruft mich Mignon an, wenn irgendetwas ist. Erst recht, wenn sie den Flieger nicht gekriegt hat.

Liebe Frau Senta!
Meine Frau ist verschwunden. Es gibt kein Lebenszeichen von ihr, aber auch keinen Erpresserbrief. Jetzt hetzt mich die Kripo und denkt, ich hätte sie entführen lassen. Dummerweise hat meine Frau vor kurzem eine hohe Lebensversicherung auf mich abgeschlossen. Wir waren erst einen Monat verheiratet. Ich leide Qualen. An wen kann ich mich wenden?
Thomas P. aus Mainz

Was ist das für eine Geschichte? Ich spüre, wie sich meine Nackenhaare aufstellen. So einen Brief hatte ich noch nie in der Post. Ob ich damit zur Kripo gehen soll? Aber was wird dieser Thomas P. dann von mir denken? Er fühlt sich ja jetzt schon von der Polizei bedrängt. Was ist er überhaupt für ein Mensch? Ein Psychopath?
Ich lege den Brief auf Mignons Schreibtisch. Ich muss noch zu Margret ins Krankenhaus. Ich muss noch mit dem Hund raus. Ich muss mich um Nelly kümmern, etwas einkaufen und kochen. Ein Kind im Haus bin ich nicht gewöhnt.

Als ich zu Hause ankomme, dröhnt Musik aus meiner Wohnung. *It's my life*, wummert es, und drei helle Stimmen kreischen mit. Vorsichtig öffne ich die Tür. In meinem Flur tanzen drei Feen. Die eine trägt meinen Dior-Body, die andere mein neues Abendkleid. Die Dritte, das ist Nelly, tanzt mit der armen Knoblauchfleischwurst. Sie hält sie in ihren Armen, hat eine Pfote grazil auf ihre Schulter drapiert.

»Küss mich, Bruno!«, schreit Nelly meinen Dackel an, dann sieht sie mich und hält irritiert inne.

»Darf ich mitmachen?«, frage ich und schlüpfe aus meinen Schuhen. Dabei fällt mir ein, dass ich eigentlich ins Krankenhaus muss.

»Uh, nee«, sagt Nelly. »Geht nicht. Du hast Besuch! Im Wohnzimmer sitzt ein Mann!«

»Hektor? Ist er schon taub?«

»Kenn ihn nicht.« Nelly zuckt die Schultern.

»Ein Fremder?« Das geht jetzt doch ein bisschen zu weit.

»Wisst ihr was? Zieht euch mal alle wieder richtig an, und dann dreht ihr eine Runde mit dem Hund. Danach könnt ihr von mir aus auf meine Kosten eine Pizza essen gehen, und ich besuche Margret im Krankenhaus. Okay?«

Die Mädels nicken artig und machen Anstalten, nach ihren Kleidern zu suchen. Ich ziehe meinen Pulli gerade und betrete mein Wohnzimmer.

Er sitzt in meinem Lesesessel am Fenster. Seine Augen blicken unendlich müde. Sein Lächeln will nicht so recht gelingen. Geschmeidig steht er auf, reicht mir höflich die Hand. Ein Mann in den besten Jahren.

»Verzeihen Sie den Überfall«, sagt er matt.

»Wer sind Sie?«

»Thomas Pottrowski.«

»Und?«

Er macht eine Handbewegung. Ich interpretiere sie als eine Bitte, ihm etwas Zeit zu geben. Ich tue ihm den Gefallen.
»Sie sind eine Freundin von Mignon.« Es ist mehr eine Feststellung als eine Frage.
»Aber ja! Wir arbeiten zusammen. Sie ist noch in Urlaub. Sie sollte eigentlich schon zurück sein. Oder ... Sind Sie ...? Was wollen Sie von ihr?«
»Ich bin ihr Mann.«
»Nein!«, widerspreche ich empört. »Das hätte mir Mignon erzählt.«
»Wir haben uns vor zehn Wochen kennen gelernt«, sagt er verträumt.
»Davon hat sie mir nichts gesagt!«, wehre ich ab.
»Ich weiß«, sagt er freundlich. »Es war unser Geheimnis. Wir haben vor vier Wochen geheiratet.«
»Da ist sie in Urlaub gegangen ...«
»Ja. Wir haben uns in Kemi trauen lassen.« Er lächelt zaghaft. »Da trauen sich nur Unverfrorene. In einer vierzehn Meter hohen Kapelle ganz aus Eis. Bei dreißig Grad minus. Ich meine, draußen sind dreißig Grad minus, drinnen, im *Snowcastle*, da sind es so um die fünf Grad minus.« Er macht eine Pause, knetet und betrachtet seine Hände, räuspert sich. »Ein riesiges Schloss aus Eis und Schnee – können Sie sich das vorstellen?«
»Hm.« Ich will mir das jetzt nicht vorstellen. Ich bin beleidigt. Warum hat mir Mignon so gar nichts davon erzählt?
»Kemi liegt im finnischen Teil Lapplands«, fährt Thomas fort. »Im Norden des Bottnischen Meerbusens. Mignon fand das romantisch. Eine Hochzeit ganz in Weiß. Unser Hochzeitsbett war ein Eisblock.«
»War das nicht etwas kühl?«, frage ich schnippisch.
»Er war mit Reisig belegt und mit Fellen. Außerdem hatten wir einen Schlafsack, einen Doppelschlafsack. Ich kann Ihnen Fotos zeigen.«

»Von der Hochzeitsnacht?«
Er übergeht meine Frage. »Das Ganze war ziemlich teuer. Ein Hochzeitsarrangement von einem Reisebüro für Yuppies. Feier, Transfer und acht Tage Flitterwochen inklusive. Länger können angehende Manager ihren Job wohl nicht verlassen.« Er lacht leise. Knetet seine Hände. Sie sehen fest und stark aus. »Wir wollten den Rest unseres Urlaubs gemütlich zu Hause verbringen. Mignon sollte bei mir einziehen. Wir wollten meine Wohnung renovieren ...«
»Ja, und dann? Ist Mignon krank geworden?«
»Man hat sie entführt.«
»Nein!« Ich glaube einfach nicht, was er mir da erzählt.
»Wir haben einen Ausflug gemacht, in den Taunus.« Thomas springt aus dem Sessel auf, geht unruhig hin und her. »Auf dem Rückweg haben uns zwei junge Leute angehalten, sie waren bewaffnet. Sie haben Mignon aus dem Auto gezerrt und verschleppt.«
»Sie ... *Sie* haben mir den Brief geschrieben!«
Thomas nickt schwer. »Gestern. Eine dumme Idee von mir. Ich dachte ... Ich habe mich nicht getraut, Sie anzurufen. Ich wusste, dass Sie Mignon gut kannten. Ich musste einfach mit jemandem reden, der Mignon kennt, der weiß, wie sie ist ...«
»Aber das ist doch kein Grund, mir so einen Brief ...«
»Ich weiß. Ich war so ... Ich bin so verzweifelt. Als ich ihn abgeschickt hatte, kam mir schon alles so falsch vor, die Sache mit dem Leserbrief an Sie. Deshalb bin ich ja jetzt hier. Ich war auch schon bei Ihrer Verlegerin. Gerade eben.«
»Ich wäre mit Ihrem Brief beinahe zur Polizei gegangen!«
Wieder nickt er bedächtig. »Ja. Die Polizei ermittelt. Aber sie haben keine Spur. Nicht eine.«
Ich lasse mich in den Sessel fallen, in dem er vorhin noch gesessen hat. Ich starre auf meine Füße. Ich bin wütend auf Mignon, weil sie mir nichts von Thomas erzählt hat. Und

ich wage nicht daran zu denken, was die Entführer mit ihr gemacht haben könnten. Ob sie überhaupt noch lebt? Ob sie mir jemals wieder mit diesem strahlenden Lächeln gegenübersitzen wird, im Büro? Ich sehe sie vor mir, wie sie ihre kurzen blonden Locken um den Bleistift wickelt, wie sie mit ihren blauen Augen durch ihre blaue Brille blinzelt. Ich höre sie leise, wie sie die Piaf imitiert, leise, leise. *Je ne regrette rien.* Ich weine. Als ich mich endlich traue, Thomas anzuschauen, weint er auch.

Ich höre, wie meine Wohnungstür zuschlägt. Die Mädchen sind wohl mit der armen Knoblauchfleischwurst wie versprochen Gassi gegangen.

»Vielleicht lebt sie noch?«, flüstere ich.

»Das hoffe ich auch. Wenn ich nur wüsste ...«

»Hm. Wen verdächtigt denn die Polizei?«

»Mich!«, sagt Thomas und schlägt sich an die Brust. Einen Moment schaue ich ihn erstaunt an. Dann fällt mir sein Brief wieder ein.

»Wegen der Lebensversicherung?«

»Ja. Mignon hat sie abgeschlossen, kurz bevor wir nach Kemi gefahren sind. Sie hat mich als Begünstigten eingesetzt, ohne mir etwas zu sagen. Ich habe erst von der Polizei davon erfahren.«

»Erzählen Sie mir von der Hochzeit!«

»Das war wie im ewigen Eis. Irgendwas zwischen Iglu und Glaspalast. Ganz unwirklich. Gekocht wurde draußen im Freien, damit nichts schmolz. Die Kapelle war gigantisch. Vierzehn Meter hoch. Und nur aus Eis und Schnee. Der Schnee hat unter unseren Füßen geknirscht. Unser Atem ist wie eine weiße Wolke vor unseren Gesichtern gestanden. Mignon hatte einen weißen Pelzmantel an. Sie hatte klirrende Eisblumen im Arm ...«

Ich überlege, was er meint. Eisblumen? Solche, wie sie an Fenstern wachsen? Oder eher tiefgefrorene Rosen? Ich will

ihn fragen, aber Thomas steht still da und schweigt und ist in Gedanken in Kemi. Er hat sich weggeträumt, vermute ich. Da schaut er mich plötzlich eindringlich an.
»Werden Sie mir helfen, sie zu finden?«
»Hm.«
Was bleibt mir übrig? Mignon ist meine Freundin. Und sie hatte es nicht leicht im Leben. Als sie achtzehn war, da hat sie einen Flirt mit einem Deutschen gehabt, der war unmöglich. Als sie glaubte, sie sei schwanger, da ist der Typ einfach bei der Fremdenlegion abgetaucht. Änderte seinen Namen und verschwand. Dabei war Mignon gar nicht schwanger. Blinder Alarm. Sie hatte ihre Tage immer etwas unregelmäßig.
»Ich muss noch ins Krankenhaus«, sage ich. »Und ich habe die Mädchen …«
Mignons Mann nickt.
»Vielleicht können wir morgen …«, beginne ich.
»Wir könnten zusammen essen gehen«, schlägt er vor. »Ich hole Sie nach der Arbeit ab.«
Ich nicke artig. Essen gehen. Warum nicht? Da ist nichts dabei. Mignon kann nichts dagegen haben.

Krankenbesuch

Margret hat sich in ihr Krankenhausbett drapiert wie eine Diva. Sie hat ihren güldenen Schmuck angelegt, ihre rotbraunen Locken rieseln über das weiße Kopfkissen und leuchten mit den rosaroten Rosen auf dem Nachttisch um die Wette. Sie lächelt wohlig und sieht alles andere als krank aus. Und für diesen Anblick habe ich mich so abgehetzt?

»Hallo, Liebes!« Ich versuche, etwas Mitgefühl in meine Stimme zu legen. »Wie geht es dir?«
Margret winkt ab. Räkelt sich. Sagt geheimnisvoll: »Oooch.«
»Was hast du dir denn alles gebrochen?«, will ich wissen.
»Nur die Füße«, sagt Margret, »der Rest ist noch tipptopp. Willst du mal sehen?« Sie macht Anstalten, die Bettdecke zurückzuschlagen.
»Nein, nein, schon gut, lass mal! Ich hab nicht viel Zeit.«
»Das ist gut so.«
»Wieso? Erwartest du Hektor?«
»Nein«, flüstert Margret. »Aber mein Arzt kommt gleich nochmal nach mir sehen. Du, das ist hier aufregender als *Emergency Room.*«
Klar, denke ich. Das hier ist keine TV-Sendung. Es ist *live.*
»Nelly ist bei mir«, teile ich Margret mit.
»Bei dir? Kann sie nicht mal allein zu Hause bleiben? Ich habe versucht, sie anzurufen. Ich habe schon befürchtet, sie sei bei Hektor.«
»Liebe Margret! Ein Kind in diesem Alter braucht viel Zuwendung! Du solltest ...«
»Liebe Frau Senta! Ein Kind in diesem Alter sollte langsam erwachsen werden! Die besten Jahre meines Lebens habe ich diesem Menschenwesen geopfert. Jetzt bin ich auch mal dran.«
»Aber Margret! Du weigerst dich seit Jahren, erwachsen zu werden ... oder auch nur älter. Und dein Kind ...«
»Du hast kein Kind. Du konntest es dir immer angenehm machen. Überhaupt. Du hast doch gar keine Ahnung vom Leben. Ich frage mich, woher du den Mut nimmst, fremden Leuten Ratschläge zu geben. Und das auch noch schriftlich! Du hast doch selbst noch gar nichts erlebt! Frau Senta!«
Margret hätte Schauspielerin werden sollen. Sie kann ihren

Gesichtsausdruck von einer Sekunde zur nächsten ändern. Eben noch hat sie ausgesprochen ärgerlich gewirkt, nun lächelt sie verklärt.
»Aber meine Leser …«, will ich mich verteidigen, breche aber verwirrt ab. Margrets Lächeln gilt nicht mir. Sie guckt an mir vorbei zur Tür, holt tief Luft und strahlt noch heller. Ich drehe mich um. In der Tür steht ein Mann in Weiß. Er ist braun gebrannt, und er macht ein strenges Gesicht. Er studiert besorgt den Aktendeckel, den er in der Hand hält.
»Frau Faber?«
Margret lächelt huldvoll. Ihr Arzt ist jung, höchstens neunundzwanzig. Und er sieht verdammt gut aus.
Langsam erhebe ich mich von Margrets Bett. Ich sehe zu, wie der Mann in Weiß auf sie zu schwebt und vor ihrem Bett stehen bleibt. Ich weiche ein paar Schritte zurück.
»Ja, dann gehe ich mal. Ich muss noch mit Waldi …«
Die beiden beachten mich nicht. Ich winke verstohlen mit der Hand. Winke ich ihm oder ihr? Ich weiß es nicht. Ich gehe.
Im Flur fängt mich ein junger Ausländer ab.
»Ich habe auf Sie gewartet. Sie müssen Frau Senta sein.«
»Marlene.«
Was für ein Tag! In diesem Krankenhaus scheint es von gut aussehenden jungen Männern nur so zu wimmeln. Margret hat Recht. *Emergency room* ist nichts dagegen.
»Marlene. Ich heiße Marlene.«
»Ich habe gesehen, wie du reingegangen bist, Marlene.«
Das Glutauge hat auch noch eine schöne Stimme!
»Ja, und?«
»Margret ist fürchterlich sauer auf mich …«
»Margret? Wegen der Nummer auf dem Hochsitz?« Ich muss Hektor vor mir haben.
»Es war ein Unfall«, beteuert er eindringlich. »Es tut mir so Leid.«

»Sie hat's überlebt«, beruhige ich ihn.
»Marlene. Ich weiß nicht mehr, was ich machen soll. Sie will mich einfach nicht sehen.«
Schon klar, denke ich, sie sieht gerade einen anderen.
Ich lächele den armen Hektor an, versuche, Zeit zu gewinnen. Was sage ich ihm als Nächstes?
Ich muss mich sammeln.
Ich weiß nicht, warum alle Menschen ausgerechnet mir ihre Sorgen anvertrauen. Warum sie immer Verständnis von mir erwarten, ja, schlimmer noch, Absolution. Vielleicht habe ich ein Gesicht, in das man gerne hineinspricht? Vielleicht signalisiere ich – ohne es zu wollen – ständig die Bereitschaft zuzuhören? Meine Brauen bilden schöne hohe Bögen, sie haben so einen fragenden Zug. Vielleicht ist es das. Vielleicht mache ich mir auch etwas vor. Ich bin neugierig. Ich will all diese Geschichten hören. Ich will sie wissen. Ich liebe es, mein Leben zu bereichern, indem ich es um das Leben fremder Leute erweitere.
»Lieber Hektor!«, höre ich mich sagen. »Ihnen ist etwas sehr Dummes passiert. Aber nehmen Sie es doch nicht so schwer! Sie müssen jetzt einfach etwas Geduld haben ...«
»Marlene! Wollen Sie mit mir essen gehen? Vielleicht morgen? Das würde mich trösten.«
»Hm.«
Was bleibt mir übrig? Margret ist meine Schwester. Nun ja, sie ist eigentlich nur meine Halbschwester. Unsere gemeinsame Mutter hat Margret von einem rothaarigen amerikanischen Soldaten irischer Abstammung empfangen. Kurz vor ihrem Abitur. Er war in Frankfurt stationiert und musste zurück in die Staaten, als Mutters Schwangerschaft nicht mehr zu verbergen war. Mutter war ab sofort ein gefallenes Mädchen und durfte die Schule nicht mehr betreten. Sie hat bis heute kein Abitur. Aber dafür kann Margret nichts.

»Also morgen?«, fragt Hektor. »Ich hole Sie ab. Nach der Arbeit.«
»Ja.« Halt, da war doch was! »Nein, nein. Ich muss mich noch um Nelly kümmern. Ich rufe Sie an!«
»Sie sind so lieb!«
Wenn er da mal Recht hat.

Zu Hause sitzt Nelly in meinem Bademantel vor der Glotze, die arme Knoblauchfleischwurst auf dem Schoß.
»Na, hat Waldi sein Geschäft erledigt?«
»Jep«, sagt Nelly, den Blick auf den Fernseher gerichtet, und knetet dem Tier das Ohr.
Ich schleiche in die Küche, krame mir einen Joghurt aus dem Kühlschrank hervor, setze mich vor das Fenster, starre hinaus in die beginnende Dunkelheit und löffele den cremigen Inhalt genüsslich in mich hinein.
Auch Jakob liebte Joghurt über alles. Solange er bei mir lebte, standen leere Joghurtbecher in meinem Kühlschrank. Und er hat fünf Jahre bei mir gewohnt.
Jakob war zweifellos ein Opfer meiner fragenden Brauen. Ich habe ihn seinerzeit am Bahnhof aufgelesen. Er stand vor der Anzeigetafel und zitterte wie Espenlaub. Er hatte keinen Mantel an, und das im tiefsten Winter. Auf meinen fragenden Blick hin hat er mir gleich sein halbes Leben erzählt, ganz freiwillig, vor Kälte schlotternd, aber ohne auch nur einmal zu stocken.
Er wollte einer Freundin hinterherreisen, die ihn gerade verlassen hatte. In der Eile hatte er nicht einmal daran gedacht, einen Mantel anzuziehen, geschweige denn, einen Koffer zu packen. Ich habe ihm meinen Mantel angeboten, aber den hat er nicht gewollt. Da musste ich notgedrungen meine Arme um ihn schlingen, nur so konnte ich ihn wärmen. Als er halbwegs lauwarm war, habe ich ihn mit in meine Wohnung genommen, damit er sich richtig

aufwärmen konnte. Und das hat dann fünf Jahre gedauert.
Nachts hat Jakob gemalt, Wein getrunken und Gedichte geschrieben. Ich gebe zu, ich habe eine unerklärliche Schwäche für Männer, die Gedichte schreiben. Tagsüber hat Jakob geschlafen. Damit wir das Essen bezahlen konnten und die Miete, habe ich in einer Keksfabrik gejobbt, ich werde das nie vergessen. Es hat dort überall nach süßen Plätzchen gerochen, in jeder Ecke. Der Keksgeruch war soweit ganz angenehm, aber er wurde chronisch. Er stieg in meine Nase und nistete sich dort ein, monatelang. Ich roch überall Butterkekse, auch da, wo wirklich keine sein konnten, beim Schlachter zum Beispiel, beim Friseur oder wenn ich in einer Kneipe mal versehentlich den Tisch vor der Herrentoilette erwischt hatte.
Vom allgegenwärtigen Keksgeruch abgesehen, hatten wir es gemütlich. Ich habe damals versuchsweise studiert, ein paar Semester nur. Ich fand das Studium öde. Aber Frau Doktor hat das später beeindruckt, dass ich auch mal eine Uni von innen gesehen hatte.
Die Geschichte mit Jakob endete abrupt, weil ich Jochen über den Weg gelaufen war. Jochen ging anschaffen. Er war Fixer. Ich habe ihm eine Matratze auf den Speicher gelegt, für den ich zufällig noch einen Schlüssel hatte, von dem mein Vermieter nichts wusste. Jochen war sehr dankbar und pflegeleicht, seine Anwesenheit fiel gar nicht weiter auf, aber Jakob war eifersüchtig wie ein Hund. Als Jochen eines Abends erzählte, dass er in einer anderen Wohnung einmal eine Matratze angezündet hatte, weil er nachts oft wach lag und rauchte, und dass er die brennende Matratze dann in seiner Not aus dem Fenster geschmissen hatte und dass sie durch die Luft gerauscht war wie ein Feuerball, bis auf die Straße, wo Gott sei Dank gerade keine Kinder spazieren gingen, da packte Jakob seine Sachen und zog aus.

Auch Jochen ist nicht mehr lange bei mir geblieben. Er wollte immer, dass ich für ihn koche, aber bei den Mahlzeiten hat er dann nur stumm am Tisch gesessen und keinen Bissen heruntergebracht. Sein Körper fing schon an, ihn im Stich zu lassen. Eines Mittags, ich hatte gerade Forellen für ihn gekauft, weil er die unbedingt mal essen wollte, da war er verschwunden. Spurlos. Die Forellen habe ich weggeworfen, roh wie sie waren.
Spurlos veschwunden. Das erinnert mich wieder an Mignon. Meine arme Mignon. Wer könnte Interesse daran haben, sie zu kidnappen? Vielleicht jemand, über den sie mal eine *Lebensbeichte* geschrieben hat? Sie ändert für gewöhnlich die wahren Namen der Menschen und der Orte in ihren Geschichten. Manchmal gibt es für die Geschichten auch gar keine Orte. Sie finden im Nirgendwo statt. Aber falsche Namen haben die Beichtenden immer. Vielleicht hat sich trotzdem jemand wieder erkannt?
Mignon bewahrt ihre Unterlagen stets in ihrem gut verschlossenen Schreibtisch auf. Den Schlüssel hat nur sie. Ich beschließe, morgen Mignons Schreibtisch aufzubrechen. Auf dem Weg zur Arbeit werde ich mir ein Stemmeisen kaufen.
Ich werde zur Einbrecherin. Gute Nacht.

Lebensbeichten

Ich war elf, als meine Mutter mich zu meinem Großonkel in die Ferien schickte. Er lebte auf dem Lande, machte täglich weite Spaziergänge durch den Wald, auf die er mich dann mitnahm.
Ich erinnere mich, dass meine Mutter sich mit meinem Va-

ter unterhielt und beide in Rätseln sprachen. Nein, nein, der Onkel habe ja diese junge Haushälterin, die passe schon auf mich auf. Die sei ja da.
Dann, eines Abends beim Onkel in den Ferien, beim Gute-Nacht-Sagen, packt mich der Großonkel – er war schon mehr als achtzig Jahre alt –, hält mich fest und schiebt mir seine Zunge in den Mund. Seine junge Haushälterin steht daneben und guckt zu. Und als ich mich erschrocken abwende, den Geschmack von kalter Zigarre im Mund, da lachen beide um die Wette.
Ich war elf. Ich wusste nicht, was die glibberige Zigarrenzunge vom uralten Großonkel in meinem Mund zu suchen hatte. Ich hatte keine Ahnung, warum die beiden mir das antaten und sich darüber ausschütteten vor Lachen.
Aber es kam noch schlimmer. Als ich mich Jahre später traute, meiner Mutter davon zu erzählen, rief sie empört aus: »Pfui, macht er das noch immer! Ich dachte, dafür wäre er inzwischen zu alt.«
Es stellte sich heraus, dass er auch meine Mutter – noch mit siebzehn – gepackt und geküsst hatte. Meine Mutter hatte mich sehenden Auges in die Falle geschickt.
Mein Großonkel war übrigens Priester. Gut, als ich bei ihm in Ferien war, war er schon lange nicht mehr in Amt und Würden. Er las nur ab und zu die Messe im Dorf. Seine Haushälterin kniete dann brav in der vorletzten Bank. Er war im KZ gewesen, der Onkel, weil er sich getraut hatte, gegen die Nazis zu predigen vor langer Zeit. Das hat ihm lebenslänglich das Wohlwollen der Familie garantiert, auch wenn er seine Zunge wo reinschob, wo sie nicht hingehörte.

Ich starre auf die Blätter in meiner Hand. Mignons *Lebensbeichten*. Wer hat ihr diese Geschichten geschickt?
Ich sitze auf Mignons Schreibtisch, den ich sorgfältig auf-

gebrochen habe, ohne allzu viele Spuren zu hinterlassen. Es hat mit einer verbogenen Haarnadel geklappt. Das Stemmeisen, das ich heute Morgen gekauft habe, habe ich gar nicht gebraucht. Es liegt noch – in eine Zeitung gewickelt – in meiner Louis-Vuitton-Tasche.

Meine Freundin Elaine hat plötzlich ganz viel abgenommen. Sie wurde immer dünner, richtig rappeldürr. Und dann bekam sie seltsame Ekzeme am Mundwinkel. Wir studierten in derselben Stadt, wir sahen uns aber immer seltener, weil wir in verschiedenen Vororten wohnten und weil Elaine meinen neuen Freund nicht leiden konnte.
Als ich sie auf ihren Gewichtsverlust ansprach, war sie zuerst sehr stolz. Sie sagte mir, sie habe ein geheimes Rezept, das sie mir gerne verraten würde. Die ganze Sache sei aber sehr gefährlich. Sie habe auch einen neuen Freund, überhaupt, einen ganz neuen Freundeskreis.
Eines Tages wollte ich Elaine besuchen. Die Tür zu ihrem Apartment war angelehnt, ließ sich aber nur einen winzigen Spalt breit öffnen. Irgendetwas Schweres lag dahinter.
Ich habe Elaine dann in der Uni gesucht. Keiner hatte sie gesehen. Die Sache mit der angelehnten Tür war mir unheimlich. Schließlich habe ich ihre Eltern angerufen und erfahren, dass sie ganz plötzlich gestorben war.
Tagelang habe ich nach ihren neuen Freunden gesucht. Ich habe sie gefunden. Es stellte sich heraus, dass sie Dealer und Fixer waren und Heroin spritzten. Elaine hatte sich von ihnen anfixen lassen. Ihre neuen Freunde waren die Letzten, die sie gesehen hatten.
Sie sei ›völlig zu‹ gewesen, haben sie mir erzählt, sie seien mit ihr in ihrem Zimmer auf und ab gegangen und hätten sie ins Gesicht geschlagen und ihr Kaffee eingeflößt, damit ihr Kreislauf wieder auf Trab käme. Aber sie habe sich lautstark gewehrt. Irgendwann seien die Nachbarn wach

geworden und hätten nach der Polizei gerufen. Da seien sie abgehauen.
Was ich viel später erfahren habe: Elaine saß drinnen im Zimmer vor der Tür, als man sie fand. Deshalb konnte ich die Tür nicht öffnen, weil Elaine davor saß. Ihr Leichnam war völlig aufgedunsen. Im Tod war sie dreimal so schwer wie im Leben.

Ich lege die Lebensbeichten für einen Moment aus der Hand. Ich brauche jetzt einen Schluck Wasser. Ich muss das Fenster aufmachen.
Der nächste Lebensbericht ist in Deutsch verfasst, trägt aber eine französische Anrede und beginnt mit den Worten ›*Ma chère Mignon!*‹ Jemand, der Mignon kannte …

Vater ist zum Helden geworden, ohne groß darüber nachzudenken. Er war Lastwagenfahrer, musste täglich die deutsche Zone passieren. Er schmuggelte ab und zu Zigaretten. Eines Tages hat ihm jemand gesagt: ›Wir brauchen dich. Du machst mit! Wenn du morgen deine Baskenmütze trägst, heißt das, dass du mitmachst.‹
Am nächsten Tag hat Vater seine Baskenmütze aufgesetzt, und so kam er zur Résistance. Er hat Leute hin und her geschmuggelt, bis es so gefährlich wurde, dass er untertauchen musste. Er hat Mutter gesagt, er habe eine andere Frau kennen gelernt. Die hat das geglaubt und wollte sich schon das Leben nehmen. Irgendwie musste sie jetzt drei Kinder durchbringen – ohne einen Mann an ihrer Seite. Ihr Vater ist zu ihr gekommen und hat ihr gesagt: »Lolita, gib mir all eure Ersparnisse, damit ich sie verwahre.« Und Lolita hat sie ihm gegeben.
Und als Vater nach dem Krieg aus der deutschen Gefangenschaft gekommen ist – sie hatten ihn natürlich doch noch geschnappt –, ein Wrack nur noch, nachts von Ge-

spenstern gejagt, tags vom Rotwein betäubt, da hatte Großvater auch noch all seine Ersparnisse durchgebracht. Ich habe mich nie mehr getraut, irgendetwas von den Eltern anzunehmen, nachdem ich diese Geschichte kannte. Ich habe sehr früh eigenes Geld verdient. Und selbst wenn ich etwas brauchte oder wenn mir etwas angeboten wurde, habe ich mir lieber selbst geholfen.

Womit hat sich Mignon da herumgeschlagen! Wie hat sie mit all diesen Geschichten leben können? Warum hat sie mir nie davon erzählt?
Die meisten Absender haben ihre Adresse angegeben. Vielleicht, damit Mignon ihnen nach Hause schreiben konnte? Eine Geschichte scheint auf Mignons PC geschrieben worden zu sein.

Ich liege im Bett und kann nicht schlafen. B. liegt neben mir und schnarcht. Ihn kann nichts aus der Ruhe bringen, wirklich gar nichts. Draußen auf dem Balkon knallt es. Da! Die nächste Detonation! Ich taste nach B. und rüttele ihn leicht. Wieder tut es einen Schlag. B. stört das nicht. ›Lass es doch knallen‹, brummt er endlich, ›ich stehe nicht auf.‹
Es sind unsere Mineralwasserflaschen, die draußen detonieren. Wir haben die Wasserkästen auf dem Balkon stehen, weil der Kühlschrank so klein ist und der Weg in den Keller so weit. Jetzt friert es, und die Flaschen platzen eine nach der anderen.
Ich fange an, die Explosionen zu zählen. Bei fünf bereue ich es, dass wir diese Wohnung gekauft haben. Sie ist viel zu teuer, ich zahle sie ganz allein ab, und bis B. sein Examen gemacht hat und Geld verdient, sind wir längst verhungert. Bei sechs tut es mir Leid, B. geheiratet zu haben. Jetzt bin ich an ihn gebunden und kann sehen, wie ich mit

meinem mageren Gehalt diese Wohnung abbezahle. Bei sieben tue ich mir selbst Leid. Und bei acht verfluche ich mein Schicksal: Wieso bin ich B. nur über den Weg gelaufen? Bei vierzehn stehe ich auf, um den Wasserkasten hereinzuholen. Ich stehe mit nackten Füßen bei Minusgraden auf meinem Balkon, in einem Haufen Scherben. Glassplitter. Ich muss total verrückt sein.

Verwirrt schiebe ich die *Lebensbeichten* in die Schublade zurück. In dem Regal hinter Mignons Schreibtisch liegen die letzten Ausgaben unseres Blattes. Ich greife mir einen Stapel und überfliege die Geschichten, die Mignon hat drucken lassen. Eine Frau hat ihren Liebhaber im Bett ihrer Mutter überrascht. Eine andere hat sich von ihrem Vater viel Geld schenken lassen, damit sie ihn im Alter pflegt, und es der Schwester unterschlagen. Abgründe tun sich auf.

Natürlich habe ich Mignons Rubrik gekannt, habe sie gelegentlich gelesen. Ich habe zugesehen, wie Mignon daran gearbeitet hat, an ihrem Schreibtisch, mir gegenüber. Aber das Ausmaß all dieser menschlichen Unglücke ist mir nie so präsent gewesen wie in diesem Moment.
Die Geschichten selbst erzählen mir nichts über Mignons Verschwinden. Aber hatten nicht all diese Menschen Grund genug, sie umzubringen? Es ist doch so, dass man den Kronzeugen des eigenen Unglücks am liebsten beseitigt. Dass Mignon über all diese Menschen Bescheid weiß, dass sie ihre Geheimnisse und Schwächen kennt ... Sie hätte den falschen Leuten die richtigen Lebensbeichten zuspielen können. Sie hätte die Absender locker erpressen können.
Nein, halt! Ich will mir da nichts Schlechtes über Mignon ausdenken. Nur so viel steht fest: Durch diesen Wust menschlichen Unheils komme ich so schnell nicht durch.

Ich muss Mignons Unterlagen nach und nach sichten, jeden Tag ein paar Beichten. Anders schaffe ich das nicht.

Verwirrt setze ich mich an meinen eigenen Schreibtisch und beginne tapfer, meinen Briefstapel abzuarbeiten.

Liebe Frau Senta!
Mein Mann will jedes Jahr zu Weihnachten einen Stollen gebacken haben, nach dem Rezept seiner Mutter. Seit Jahren mache ich das nun, aber seine Mutter ist, wenn sie bei uns zu Besuch ist, mit meinem Stollen nie zufrieden. Mal habe ich das falsche Mehl genommen, mal zu viel Rosinen. Neuerdings sagt sie, sie bekommt von meinem Stollen Sodbrennen!
Ihre Katharina K.

Liebe Katharina!
Ihre Schwiegermutter mag es nicht, dass Sie sich jetzt um ihren Liebling kümmern. Lassen Sie Mutter und Sohn den Stollen-Krieg allein austragen. Backen Sie etwas anderes, einen Gewürzkuchen oder eine weihnachtliche Marzipantorte. Setzen Sie sich von Ihrer Schwiegermutter ab! Den Mama-Stollen kann Ihr Gatte dann bei seiner Mutter genießen.
Ihre Frau Senta

Ich kämpfe mich durch zwanzig weitere Zuschriften, wähle sechs davon für die nächste Ausgabe aus und beantworte sie. Mehr schaffe ich heute nicht. Ich muss ja noch ausgehen. Mit wem eigentlich? Den schönen Hektor habe ich vertröstet. Also ist es Thomas, der mich nach der Arbeit abholen wird. Ich greife zum Telefon.
»Nelly? Nelly, du weißt, dass ich nach der Arbeit noch kurz weggehe? Du machst dir einfach ein Brot, okay?«

»Hm«, macht Nelly. Im Hintergrund dröhnt Musik. Es ist irgendetwas, das ich noch aus meiner Jugend kenne, nur anders. *Gecovert*, so nennt man das wohl.
»Nelly? Bist du allein?«
»Nee.«
»Wer ist denn bei dir?«
»Hektor ist hier.«
»Hektor??«
»Ja.«
»Was will er denn?«
»Über Margret reden.«
»Mit dir?«
»Sie ist schließlich meine Mutter!«
»Nelly! Du bist erst vierzehn!«
»Ja, und?«
So komme ich nicht weiter.
»Ich bin gleich bei dir«, sage ich und lege auf.

Verdachtsmomente

Als ich aus der Tür will, steht Frau Doktor vor mir. Sie hat eine fremde Frau bei sich.
»Senta«, sagt Frau Doktor warm. »Ich muss mit Ihnen reden. Es ist etwas Furchtbares passiert.«
Ich nicke.
»Sie haben ja schon bemerkt, dass Mignon seit zwei Tagen überfällig ist. Nun, sie ist nicht ... Sie hat kein Flugzeug verpasst. Sie ist ... Das hier ist Hauptkommissarin Dorte Jürgens.«
Ich nicke immer noch und lasse mich langsam wieder auf meinen Stuhl sinken. Ich muss jetzt ein bisschen erschüttert

sein. Oder ich muss ihnen alles über Thomas erzählen, angefangen bei seinem Brief an Frau Senta. Schnell, schnell, was soll ich sagen?
Ich entscheide mich instinktiv dagegen, von Thomas zu erzählen. Thomas ist mein Geheimnis. Zumindest, bis Mignon wieder auftaucht. Ich entschließe mich, überrascht zu sein.
»Mein Gott!«, flüstere ich.
Dorte Jürgens kommt auf mich zu, stellt sich vor meinen Schreibtisch und sieht mich lange an. Sie trägt einen engen, bunt gemusterten Rock, der bis über die Waden reicht, und einen kurzen, quer gestreiften bunten Pulli in den gleichen Farben. Ihre kurzen, dunklen Locken hat sie mit etwas Gel aufgestylt. Der Look würde Nelly gefallen, überlege ich und lächele tapfer. Wie alt mag Frau Jürgens sein? Ende vierzig? Das käme hin.
»Die ganze Sache ist äußerst merkwürdig«, beginnt sie. »Ihre Kollegin wurde aus ihrem Auto heraus entführt. Ihr Mann war dabei.«
»Ja«, sage ich und habe meinen Einsatz verpasst. Prompt falle ich auf.
»Sie haben gewusst, dass sie heiraten würde?«, fragt Frau Doktor scharf.
»Nein«, sage ich kleinlaut. Es ist die volle Wahrheit, und ich klinge entsprechend aufrichtig.
»Wir wissen nicht, was dahinter steckt«, fährt die Hauptkommissarin fort. »Es war kein Raubüberfall. Es wurden keine Wertsachen entwendet. Es wurde bisher aber auch kein Lösegeld gefordert. Daher schließen wir auch eine gewöhnliche Entführung aus. Die Lösegeldforderung kommt bei Entführungen nämlich garantiert. Auch wenn das Opfer schon tot ist – verzeihen Sie! –, versuchen die Erpresser immer noch, an das Geld zu kommen.«
Frau Doktor und ich sehen uns bestürzt an. Die Kommissa-

rin nimmt einen der Kulis von meinem Schreibtisch und spielt damit. Ich starre auf den Kuli in ihrer Hand.
»Der Einzige, der bisher von der Sache profitiert«, sagt die Kommissarin zu Frau Doktor, »ist der frisch gebackene Ehemann. Wenn Ihre Mitarbeiterin tot ist, kann er ihre Lebensversicherung abkassieren.«
»Ja, aber ... das bedeutet ja ...« Frau Doktor ist sichtlich erschüttert. Ihre blonde Hochfrisur tanzt, ihren zierlichen Körper hat sie gewohnheitsmäßig in ein Chanel-Kostüm eingeschlagen.
»Bis jetzt ist er der Einzige, der ein Motiv hat«, sagt die Kommissarin kühl. »Was natürlich nichts heißen soll. Wir sind für jeden Hinweis dankbar, der ihn entlastet.«
»Mignon war mal mit einem Typen zusammen«, erzähle ich schnell, »der ist in die Fremdenlegion gegangen. Ein Deutscher. Der hat gedacht, sie sei von ihm schwanger ...«
»Ach! Das hat uns Herr Pottrowski nicht gesagt.« Die Kommissarin klingt leicht gekränkt. Frau Doktor reißt erstaunt die Augen auf.
»Wer?«, frage ich endlich. Ich kann ja gar nicht wissen, wie Thomas heißt.
»Der Ehemann.«
»Vielleicht hat er von dem Legionär nichts gewusst«, hilft Frau Doktor. »Wenn man sich erst zehn Wochen kennt, da hat man Besseres zu tun, als alte Geschichten aufzuwärmen.«
»Ich würde gern gehen«, wage ich zu sagen.
Die Kommissarin ist einverstanden. »Ich muss morgen sowieso noch einmal herkommen«, sagt sie. »Sie werden doch hier sein?«
Frau Doktor und ich nicken im Takt.

Thomas ist schon da, als ich aus der Redaktion eile. Er steht vor dem Eingang, auf der dämmrigen Straße, er erwartet mich. Er trägt einen eleganten Mantel, der ihn seriös wirken lässt. Er hält sich gerade, aber sein Blick ist hilflos und unruhig. Er tut mir Leid.

»Thomas, Lieber …«, höre ich mich sagen, und ich wundere mich, wie leicht mir diese Anrede über die Lippen kommt und wie selbstverständlich er sie mir durchgehen lässt. »Thomas, hör zu! Ich kann Nelly nicht allein lassen. Der Mann meiner Schwester ist bei ihr.«

Thomas schaut mich fragend an. »Nellys Vater? Was ist daran so schlimm?«

Soll ich ihm sagen, dass er nicht Nellys Vater ist und auch nicht der Mann meiner Schwester, sondern ihr jugendlicher Liebhaber, gerade mal fünfundzwanzig Lenze jung, und dass er meine Schwester vorgestern vom Hochsitz gestoßen hat? Ist doch klar, dass ich Nelly vor ihm beschützen muss!

»Meine Schwester ist schlimm gestürzt«, erkläre ich. »Ein Unglück. Ihr Mann ist ganz verwirrt und braucht Hilfe.«

Nun ja. Das muss jetzt reichen. Immerhin ist das nicht wirklich gelogen.

Thomas nickt auch schon verständnisvoll.

»Ist gut«, sagt er und nimmt meine kalten Hände in seine warmen, weichen Pranken. »Ich komme morgen wieder. Verschieben wir es einfach auf morgen.«

Dankbar lasse ich meine Hände in seinen liegen. Was hat Mignon nur für ein Glück mit ihm! Es gibt wenig einfühlsame Männer.

»Sag mal, Thomas …«

»Ja?«

»Wie hoch ist eigentlich die Lebensversicherung, die du … die Mignon zu deinen Gunsten abgeschlossen hat?«

Thomas überlegt einen Moment. Dabei schaut er mich unverwandt an. Eine Strähne seiner dunklen Haare ist ihm in die Stirn gerutscht. Für eine Sekunde verspüre ich den Impuls, sie zurückzustreichen.

»Eine halbe Million, glaub ich. Ist das wichtig?«
Und ob! Ich zögere.
»Ich meine nur. Wegen der Polizei ...«
»Ach so.« Er zuckt die Achseln. Streichelt meine kalten Hände. Ich lasse es geschehen.
»Ob ich diese Versicherung bekomme oder nicht ...« Thomas schluckt. »Mir ist wirklich lieber, sie kommt zurück, glaub mir. Es ist furchtbar. Erst verschwindet Mignon, ist wie vom Erdboden verschluckt, und dann ... Anstatt sie zu suchen und zu finden, verdächtigen sie mich! Die machen es sich verdammt einfach! Jetzt haben sie mich schon dreimal vernommen. Ich habe ihnen doch nichts Neues zu erzählen!«
Ich nicke und versuche mir das vorzustellen, Thomas in einem kargen kleinen Raum, auf einem harten Stuhl an einem zu großen Tisch. Eine Lampe, die auf sein Gesicht gerichtet ist, und zwei rauchende Kommissare, die abwechselnd streng und freundlich zu ihm sind, stundenlang.
»Bis morgen, ja?«
»Bis morgen.«

Bei mir zu Hause hocken Nelly und ihre Freundin Mo im Wohnzimmer auf dem Teppich, die arme Knoblauchfleischwurst zwischen ihnen. Die beiden wühlen in einem Stapel Zeitschriften, Musikzeitschriften, soweit ich sehe. Mo hat Nelly schon einmal besucht, zusammen mit einem anderen Mädchen, an dessen Namen ich mich nicht erinnere, an dem Abend, als Thomas hier war. Sie ist ein hübsches Ding, etwas dünn vielleicht, sehr zart. Sie trägt einen hautengen Pulli, den sie bis unter den Busen hochgekrempelt hat. Bauchfrei im Winter. Hoffentlich macht Nelly ihr das nicht so schnell nach. Sie würde sich sofort erkälten, da bin ich mir sicher.
Mo heißt eigentlich Monica, aber seit der Lewinsky-Affäre

bevorzugt sie die künstlerische Kurzversion, das weiß ich von Nelly.
»Na, ihr beiden Hübschen?«, begrüße ich die Mädchen.
»Tag, Frau Faber!« Mo hat nicht nur Manieren, sie kennt auch meinen vollen Namen. Sie blickt kurz auf, lächelt zur Begrüßung. Nelly lässt sich erst gar nicht stören und winkt mir nur stumm zu.
»Wo ist Hektor?«, frage ich angespannt.
»Schon gegangen!«, sagt Nelly nur.
Die Mädchen kichern und giggeln. Ich setze mich in die Küche, und ja, zugegeben, ich lausche, was sie sich erzählen. Ein schlechtes Gewissen habe ich dabei nicht. Ich kriege ja sonst nichts mit von ihrem jungen Leben.
»Wieso steht er nur auf so alte Tussen?«, fragt Mo eindringlich.
»Hm. Keine Ahnung. Doch, halt, warte. Er hat's mir erzählt. Margret erinnert ihn irgendwie an seine Mutter. Er kommt nicht von ihr los.«
»In echt? Weiß deine Mutter das?«, fragt Mo sachlich.
»Sag mal, spinnst du jetzt?«, lispelt Nelly aufgeregt.
»Aber er checkt das alles, ja?«
»Total! Er war deshalb sogar mal bei einem Psychologen, er verknallt sich nur in so Gruftis, weißt du.«
»Hm. Und das hat er dir erzählt?«
»Wenn ich's doch sage ...«
Die Mädels seufzen. Papiergekruschel.
»Guck mal, die is doch geil.«
»Jaa. Nee, doch nich, der Arsch von der ...«
So geht das hin und her. Schließlich springt Mo auf, ist mit einem kurzen ›Tschüs‹ verschwunden, die Wohnungstür knallt hinter ihr zu.
»Nelly? Magst du noch einen Tee mit mir trinken?«
»Och nö«, sagt Nelly. »Ich muss Mo nochmal anrufen.«
»Mo? Die war doch gerade hier ...«

»Ja klar, weiß ich.«
»Und die willst du jetzt nochmal anrufen?«
»Ja, wieso? Verstehst du das denn nicht?« Ich muss geistig zurückgeblieben sein.
»Na, weil sie doch gerade eben hier war!«, insistiere ich.
»Ich hab halt vergessen, ihr was zu sagen!«, mault Nelly genervt und fischt mein Handy aus meiner Handtasche, die ich neben mir auf einen freien Stuhl gestellt habe, als säße ich nicht bei mir zu Hause, sondern im Restaurant.
»Ein Handy kannst du mir auch mal schenken«, klärt Nelly mich auf.
»Klar, wenn ich im Lotto gewonnen habe. Du kannst dir meins aber gerne mal leihen.«
»Igitt«, sagt Nelly. »So 'n Brikett! Damit kann ich doch nicht in die Schule gehen! Da bin ich ja die Letzte, die lachen sich ja alle tot.«
Sie wählt Mos Nummer, wartet, schüttelt den Kopf.
»Is noch nicht zu Hause«, sagt sie enttäuscht und wirft mir mein Brikett auf den Tisch.

Im Drogenwahn

Als ich Nelly anderntags wecken will, wird und wird sie nicht wach.
»Nelly! Steh schon auf! Du kommst zu spät zur Schule! Nun mach schon!«
Nelly liegt wie tot auf meinem Sofa und rührt sich nicht. Ich überlege, einen Eimer Wasser zu holen und über sie zu schütten. Aber dafür mag ich mein Sofa zu sehr.
»Nelly!«
So muss es sein, wenn man eine Leiche findet. Zu allem

Überfluss die Leiche von jemandem, den man gemocht hat.
»Verdammt nochmal, Nelly, jetzt reicht's!«
Hat meine Mutter sich auch so gefühlt, wenn sie mich morgens wecken musste? Ich war genau so ein faules Murmeltier wie Nelly. Ich hätte lieber bis mittags geschlafen, als zur Schule zu gehen. Sechs Stunden am Stück still dasitzen und zuhören, mehr oder weniger. Wenn das keine Folter ist!
»Tante Senta?« In Nelly kommt doch noch Leben. Ich atme erlöst auf.
»Nun aber holla, Nelly! Was ist denn mit dir los?«
»Ach ...«, gähnt Nelly geziert. »Ich glaube, das Zeug, das Hektor mir gestern gegeben hat, war einfach zu stark!«
»Was für ein Zeug?«, frage ich alarmiert.
»War was Flüssiges«, erklärt Nelly. »Kein Smily. Irgendetwas Altmodisches von früher ...«
»Nelly?«
»Er hat's mir erklärt. Lysergsäuredi...«
»...äthylamid?«
»So ähnlich. Ja.«
Hektor! Dieses Schwein! Das erklärt natürlich alles. Wenn er Margret das Zeug auch eingeflößt hat, ist es kein Wunder, dass sie vom Hochsitz gesegelt ist. Vermutlich war sie auf dem Trip und dachte, sie sei ein Vogel. Ein armer, kleiner, nackter Vogel, der zum ersten Mal die Flügel ausbreitet und ...
»Nelly? Hektor hat dir LSD gegeben! Weißt du, was das ist? Das ist eine ganz gefährliche Droge. Die kann noch Wochen nach der Einnahme ganz plötzlich wirken. Du machst den Kühlschrank auf und denkst, du bist in der Arktis. Oder so etwas in der Art. Und weißt du, was das noch bedeutet? Vermutlich hat er das Zeug auch deiner Mutter verabreicht. Wir müssen zur Polizei. Oder sollen wir zuerst mit dir ins Krankenhaus?«
Nelly runzelt die Stirn und denkt angestrengt nach. Ich

muss im Büro anrufen, denke ich. Ich kann heute unmöglich zur Arbeit. In diesem Zustand kann ich Nelly nicht allein in meiner Wohnung lassen.
»Und?«, will ich von Nelly wissen.
Nelly denkt immer noch nach. Guckt mich grimmig an. Dann springt sie urplötzlich auf, schleudert die Decke von sich und hopst auf meinem geliebten Sofa auf und ab.
»Haha, reingelegt!«, trompetet Nelly.
»Was? Nelly! Was meinst du?«
Sie kann mir vor Lachen nicht antworten. »Das Ganze ist nur ein Scherz!«, prustet sie, »stimmt alles gar nicht, reingelegt!«
»Du meinst, du hast das alles jetzt mal so eben erfunden, das mit Hektor und dem LSD?«
Nelly wischt sich ein paar Lachtränen von der Wange, zeigt mit dem ausgestreckten Finger auf mich. »Und du hast jedes Wort geglaubt!«
Soll ich jetzt erleichtert sein oder empört? Ich begehe eine klassische Übersprungshandlung, ich greife nach Nellys Kopfkissen und drücke es zwischen meinen Händen zu einem kleinen Klumpen zusammen. Am liebsten würde ich die dumme Göre jetzt damit ersticken.
»Hektor war nur ganz kurz hier«, tröstet Nelly. »Er wollte dir noch was sagen. Er dachte, du wärst schon zu Hause. Als ich ihm erklärt habe, dass du erst später kommst, ist er ziemlich bald wieder gegangen.«
»Nelly! Wenn du das noch einmal mit mir machst, dann ... dann ... Ich weiß nicht, was ich dann mit dir mache!«
»Aber Tante Senta!«, schmeichelt Nelly. »Dein Gesicht war einfach zu gut! Du hättest dich mal sehen müssen!«
Ich nicke schwer.
»Mach, dass du in die Schule kommst!«
Sechs Stunden still dasitzen und zuhören. Für so ein Kind ist das die gerechte Strafe, sage ich mir.

Nelly ist kaum zur Schule gegangen, als es an meiner Wohnungstür klingelt. Ich bin noch im Nachthemd, meine Haare stehen in alle Richtungen zu Berge, meine Füße sind nackt. Wenn der Störenfried nicht mindestens seinen Kopf unter dem Arm trägt, bringe ich ihn um.
Ich fahre mir mit allen zehn Fingern durch die Frisur, werfe meinen Bademantel über und öffne.
Vor der Tür steht Hektor, frisch wie der junge Morgen. Er duftet dezent nach Limonenblüten, und er sieht aus, als käme er geradewegs von einer lichtüberfluteten griechischen Insel. Oder hat er auf einer Sonnenbank übernachtet?
»Marlene! Ich war gestern schon hier!«
»Ich weiß.« Als wenn das etwas erklären würde!
»Ich wollte Sie um einen Gefallen bitten!«
»Um was geht's denn?«
»Ich möchte mir eine Wohnung ansehen. Wegen Margret. Sie sagt immer, ich wohne in einem Loch, und sie mag mich da gar nicht besuchen. Wenn ich eine Wohnung hätte, die Margret gefallen würde ... Vielleicht würde das helfen.«
»Hm.« Weiß Gott, was Hektor helfen würde.
»Ich habe ein Inserat in der Zeitung gefunden. Zwei Zimmer, Küche, Bad, Altbau. Die Besichtigung ist morgen.«
»Okay, dann gehen wir jetzt hin!«
Hektor guckt mich groß an. »Aber wieso jetzt? Die Besichtigung ist ...«
»Lieber Hektor! Sie müssen jetzt einen Moment Geduld aufbringen!«, vertröste ich ihn und mache ihm die Tür vor der Nase zu. Als ich meine Wohnungstür zehn Minuten später wieder öffne, steht Hektor artig auf derselben Stelle. Ich habe mich inzwischen notdürftig hergerichtet, auf meine morgendliche Zeitungslektüre verzichtet und mein Bett ungelüftet sich selbst überlassen. Was tut man nicht alles für seine Halbschwester!

Hektor führt mich nach Sachsenhausen, vor einen prächtigen Altbau. Im zweiten Stock liegt das Objekt seiner Begierde. Ich schelle im fünften Stock und warte, bis der Summer uns anzeigt, dass uns jemand die Haustür öffnet. Dann schlüpfen wir ins Haus.
»Ist da wer?«, schreit eine Frau durch das Treppenhaus.
»Apothekendienst für Altmeier!«, schreie ich zurück. Den Namen habe ich eben an der Klingel gelesen und mir gemerkt. Im fünften Stock knallt eine Tür zu.
Ich bedeute Hektor, die Treppen mit mir hochzusteigen. Das Glück ist uns weiterhin hold. Die Tür der inserierten Wohnung ist nur angelehnt, und ein Mann werkelt drinnen herum.
»Hallo«, flöte ich, »dürfen wir hereinkommen?«
»Ei, wass soll dess?«, empört sich der Mann. »Die Besischtigung is ers morje!« Er trägt einen mausgrauen Kittel, der nicht ganz eindeutig in die Kategorien Herren- oder Damenoberbekleidung einzuordnen ist, und hat eine Rohrzange in der Hand. »Die Heizung is undischt, gä.«
»Wir wollten uns nur mal anschauen, wo die Wohnung überhaupt liegt«, lüge ich ihn fröhlich an. »Ob sie überhaupt für uns infrage kommt.«
Der Mann brummt etwas Unverständliches.
»Wir wollen Sie gar nicht stören«, setze ich nach. »Wir kommen morgen wieder. Sie haben sicherlich noch viel Arbeit?«
Der Mann kommt näher, blickt mich an. Ich ziehe meine Brauen hoch.
»Ei, Sie habbe gut redde.« Vor Aufregung wechselt er unvermittelt ins Hochdeutsche. »Sie glauben gar nicht, was ich schon alles an der Wohnung gemacht habe! Die Vorbesitzer, das waren Dreckschweine! Die Türen …«, er weist mit der Rohrzange auf die hohen weißen Flügeltüren, »die hatten sie blau und rot gestrichen, die Banausen!«
Ich blicke mich um. Wir stehen in zwei hellen, lichtdurch-

fluteten Altbauräumen mit riesigen Flügeltüren und Stuckrosetten an den Decken. Alles, alles ist hier weiß. Mir gibt der Anblick einen Stich ins Herz. Eine ganz ähnliche Wohnung hat Mignon. Ob sie je in ihre Wohnung zurückkommen wird?

»Nein, das passt wirklich nicht«, pflichte ich ihm bei. »Weiß ist in diesem Fall die einzige Farbe, die infrage kommt, was meinst du, Hektor?«

Hektor nickt.

»Solche Türen darf man nicht zustellen«, meint unser Handwerker weinerlich.

»Auf gar keinen Fall«, doziere ich. »So eine Wohnung kann ihren Charme erst richtig entfalten, wenn man die Türen auch mal öffnen kann.«

»Ei, so isses. Unn wisse Se wass? Diese Leute, die die Wohnung bis jetzt gemietet haben, die haben überall Schränke vor die Türen gestellt! Das Waschbecken haben sie blau angestrichen. Das Waschbecken! Mit Holzfarbe! Und dann haben sie hier Ratten gehalten. Als Haustiere! Dess hält mer ja im Kopp nit aus.«

Er redet und redet. Nach einer halben Stunde kennen wir alle Verbrechen sämtlicher Mieter im ganzen Haus. Ich tröste ihn, so gut ich kann, lobe ihn, verspreche ihm, dass alles gut wird.

»Die Wohnung ist wirklich ganz toll«, erkläre ich ihm. »Wir kommen dann morgen wieder.«

»Ja«, sagt er. »Oder nein, halt. Warten Sie mal. Ich hole Ihnen den Mietvertrag. Mieter wie Sie wollte ich schon immer haben.« Und mit einem verschmitzten Lächeln fügt er hinzu: »Ich bin nämlich der Besitzer.«

Hektor und ich halten den Atem an.

»Du bist wunderbar, Marlene«, sagt Hektor, als wir endlich draußen sind. »Einfach wunderbar.«

Ich höre das gern, und ich widerspreche ihm nicht.
»In dieser Wohnung wird mich Margret mit Freude besuchen«, spinnt er weiter.
Ich bin mir da zwar nicht so sicher, aber vielleicht werden es andere Frauen mit Freude tun. So, wie er nach Limonen duftet ...
»Hektor«, frage ich in einem Anflug von Neugier, »was arbeitest du überhaupt?«
Hektor legt seinen schönen Kopf leicht schief und lächelt stolz. »Ich bin Dressman!«
So siehst du auch aus, lieber Hektor.

Briefschulden

Im Büro stürze ich mich auf meine Arbeit. Ich wühle in dem traurigen Häuflein Zuschriften herum, die ich zu beantworten habe. In letzter Zeit werden es täglich weniger. Täglich weniger Briefschulden. Den Ausdruck gebrauchte unsere Mutter, wenn sie Briefe erhalten und noch nicht beantwortet hatte.

Liebe Frau Senta!
Meine bevorstehende Beförderung ängstigt mich! Ich bin eher ein Kumpeltyp, aber auch als Frau muss ich meinen Untergebenen doch sagen, wo es langgeht, oder?
Brigitte Kapp, Nürnberg

Liebe Frau K.!
Es gibt Seminare, um Führungsqualitäten zu trainieren!
Sie könnten ...

Ach, das ist doch alles viel zu langweilig. So wird meine Rubrik niemanden hinter dem Ofen hervorlocken, geschweige denn die Auflage steigern!
Unser Konkurrenzblatt hat seine Kummerkastentante schon lange abgeschafft. Dafür haben sie jetzt eine medizinische Spalte mit anonymen Anfragen. Wie man Vaginalmuskeln trainieren kann und ob Herpes an der Lippe beim Oral... Na ja, diese Fragen werden alle anonym gestellt.

Ich schlürfe an meinem Kaffee und ärgere mich. Wenn doch nur Mignon hier wäre! Ich könnte ihr die blöden Zuschriften vorlesen, wir würden fürchterlich lachen, und Mignon würde mir eine schräge Geschichte erzählen, von früher, aus Frankreich.
Sie hat mir oft von dem Dorf erzählt, wo sie aufgewachsen ist, hoch über dem Tarn, auf einem kargen Hochplateau. Im Sommer hat sie lange Wanderungen gemacht, ist allein durch die Natur gestreift. Bizarre kleine Pflanzen wachsen dort. Sie müssen zäh und überlebensfähig sein, die Hitze im Sommer ertragen, Trockenheit und Kälte und Schnee im Winter. Die Sonne schwenkt über die Landschaft wie ein riesiger Scheinwerfer über eine Bühne, setzt mal ein paar Bäume ins Licht, mal eine Schafherde. Im Herbst legt sich der Nebel ins Tal, wie eine dicke Schicht Watte deckt er die Ebene zu.
Mignon! Wo bist du? Wohin hat man dich verschleppt? Was siehst du dort, wo du jetzt bist? Pflanzen? Schafe? Nebel?

Liebe Frau Senta!
Immer wenn mein Schwager zu Besuch kommt, will er mich in den Arm nehmen und abbusseln. Ganz brüderlich, wie er mir immer wieder versichert. Ich mag das nicht.

Kann ich ihm das sagen? Was soll ich nur tun? Ich will ihn auf gar keinen Fall beleidigen!
Anne H.

Liebe Anne!
Reden Sie ganz offen mit Ihrem Schwager! (Ist er hübsch?) *Sagen Sie ihm, dass Sie seine Zärtlichkeiten nicht brüderlich finden.* (Oder hat er vielleicht Mundgeruch?) *Nur so können Sie Missverständnissen rechtzeitig vorbeugen.*
Ihre Frau Senta.

Liebe Frau Senta!
Können Sie sich vorstellen, dass es Ufos gibt? Ich glaube daran, dass uns eines Tages eine überirdische Macht erobern wird. Mein Vater lacht mich deswegen aus. Er sagt, jede Generation braucht ihre Tagträume: Der Großvater hatte Gott, der Vater hatte den Marxismus, und der Sohn hat ein paar Ufos, das ist alles. Was glauben Sie? Werden die Außerirdischen uns holen? Wann wird es so weit sein?
Ihr Steffen aus B.

Lieber Steffen!
Wir Menschen sind so sehr im Irdischen verhaftet, dass wir uns nicht anmaßen sollten, über Außerirdisches zu urteilen. Zwar glaube ich nicht, dass wir eines Tages von einer anderen Galaxis aus überfallen werden. Aber dass es da draußen in dem riesigen Universum noch irgendwo anders Leben gibt, das glaube ich ganz fest. Es ist spannend, sich vorzustellen, wie diese Wesen aussehen und wie sie kommunizieren, was für eine Kultur sie haben. Ich denke darüber schon lange nach!
Deine Frau Senta

»Senta?«
Ich will gerade nach Hause gehen, als Frau Doktor in der Tür steht.
»Frau Doktor?«
Mit einer geschmeidigen Bewegung schlüpft sie ins Zimmer und lässt sich an Mignons Platz gleiten. Andächtig streicht sie über Mignons Schreibtisch. Sie schüttelt den Kopf. Eine Locke hat sich aus ihrer Hochfrisur gelöst, tanzt ihr auf der Stirn herum und zieht meine Blicke magisch an.
»Schrecklich, das alles ...« Frau Doktor lässt den Satz unvollendet im Raum stehen. Ich weiß trotzdem, was sie meint.
»Ja. Schrecklich!«, stimme ich ihr zu. »Hoffentlich wird Mignon bald gefunden.«
Wir schweigen einen Moment solidarisch, eine Schweigeminute für Mignon. Dann geht Frau Doktor zur Tagesordnung über.
»Für die nächste Ausgabe haben wir noch eine *Lebensbeichte* vorliegen. Danach müssen wir improvisieren.«
Ich ahne, was sie mir mitteilen will. Die nächste *Lebensbeichte* werde ich schreiben müssen, falls Mignon bis dahin nicht wiederkommt. Ich nicke Frau Doktor ermutigend zu.
»Kann ich morgen frei haben, nur einen Tag?«
»Ja, aber ... Werden Sie denn mit Ihren Artikeln rechtzeitig fertig?«
»Ja, ganz bestimmt. Wissen Sie ... Meinem Hund geht es nicht gut, und ich lasse ihn so ungern allein zu Hause, wenn er krank ist.«
Frau Doktor schaut mich erstaunt an.
Ich schaue auf ihre losgelöste Locke.
»Erkältung«, füge ich rasch hinzu. »Hunde können sich auch erkälten. Genau wie Menschen. Biologisch gesehen haben sie den gleichen Organismus ...«

»Ja. Das verstehe ich.« Frau Doktor ergreift endlich die widerspenstige Stirnlocke und nestelt sie in ihrer Frisur fest. »Aber nur morgen, ja?«
Verzeih mir, arme Knoblauchfleischwurst.

Ermittlungen

»Hier! Hier war es!«
Thomas schaut mich an, zeigt mit dem ausgestreckten Arm in die entgegengesetzte Richtung. Wir stehen auf einer schmalen, endlosen Straße, die schnurstracks den Berg hinabführt. Links und rechts liegen Felder. Weit und breit ist kein Mensch – außer uns.
Ich bohre meine Fäuste tiefer in meine Manteltaschen, suche mit den Augen den Teer ab. Man sieht eine ziemlich lange Bremsspur, die einen Bogen schlägt. Vermutlich stammt sie vom Wagen der Entführer, die sich vor Mignon gestellt haben, um ihr den Weg zu versperren. Und dann sieht man noch eine kürzere dunkle Schlangenlinie auf der Straße. Das muss Mignons Bremsspur sein. Kreidezeichen sind auf die Fahrbahn gemalt. Sie bezeichnen die Position, auf der Mignons Auto zum Stehen gekommen ist.
Thomas folgt meinem Blick. »Sie haben den Standort von unserem Wagen eingezeichnet, bevor ich ihn bewegen durfte.«
Ich nicke.
»Mignon hat einen Schuh verloren«, sagt Thomas, »einen roten. Sie haben ihn aufgehoben und ins Auto geworfen. Rote Pumps. Ich hatte sie ihr zum Hochzeitstag geschenkt.«
»Zum Hochzeitstag?«

»Wir waren auf den Tag einen Monat verheiratet!«
Zwölf Hochzeitstage im Jahr, denke ich grimmig, das macht zwölf Paar Pumps. Ein Anflug von Neid streift meine kleine Seele, ich muss es zugeben. Dass ein Mann eine Frau so verwöhnen kann!
Ich wandere die Straße auf und ab, ohne auf Thomas zu achten, und stelle mir einen verdammten roten Pumps vor, allein auf nacktem Asphalt.

Als ich mich Thomas wieder zuwende, sitzt er am Straßenrand, auf der Böschung, das Gesicht in den Händen verborgen. Zögernd gehe ich auf ihn zu. Meine Hand schwebt sekundenlang über seiner Schulter, bis ich mich doch traue, sie ihm auf den Kopf zu legen. Unwillkürlich streichele ich sein Haar. Es fühlt sich unerwartet warm an, dunkel wie es ist, hat es die Energie der Sonne aufgesogen. Ein schönes Gefühl.
»Was glaubst du, was wir hier noch finden können?«, fragt Thomas.
Ich nehme meine Hand von seinem warmen Haar, halte sie mit meiner anderen fest.
»Ich weiß es nicht«, sage ich. »Ich weiß es nicht.«
»Diese blöde Lebensversicherung! Das war keine gute Idee ...«
»Hast du inzwischen eine Ahnung, warum sie die abgeschlossen hat?« Und warum sie dir nichts davon gesagt hat, setze ich im Stillen hinzu. Warum diese Heimlichtuerei?
»Nein. Ich weiß nicht, warum Mignon das gemacht hat. Vermutlich, um mich zu versorgen, falls ihr etwas zustößt. Diesen Ordnungssinn hat sie von ihrem Vater. Wusstest du, dass er Deutscher war? Ein deutscher Journalist.«
»Mignon hat mir davon erzählt. Er ist ganz jung nach Frankreich gegangen, nach Paris, als freier Mitarbeiter für

irgendeine Zeitung. Er wollte Schriftsteller werden, aber dann hat er in Paris Mignons Mutter kennen gelernt, ist mit ihr in die Cevennen gezogen und Schäfer geworden.«
»Ein früher Aussteiger«, meint Thomas belustigt. Wir lachen beide.
»Er hatte dort unten ein ruhiges Leben«, fahre ich fort, »ist friedlich verstorben, ein Jahr nach seiner Frau ... Sag mal, hat Mignon wirklich keine Verwandten mehr?«
»Doch, natürlich. Irgendwo in Frankreich. Entfernte Onkel, Vettern und Cousinen. Irgendwo in den Cevennen.«
»Man müsste einfach mal dahin fahren«, wage ich vorzuschlagen, aber Thomas geht nicht darauf ein.
»Was war mit ihrem Mann?«
»Mit mir?«
»Mit ihrem ersten Mann, dem, der in die Fremdenlegion gegangen ist?«
Thomas seufzt. »Sie war nie mit ihm verheiratet. Sie haben nur eine Zeit lang zusammengelebt. Irgendeine Dummheit, wenn du mich fragst. Sie hat nicht gerne darüber gesprochen. War wohl keine schöne Geschichte.«
»Mir hat sie auch nicht viel von ihm erzählt«, tröste ich Thomas. »Sein Name klang irgendwie nach Seife. Seifert oder so. Ein Typ aus Rhöndorf. Adenauer liegt dort begraben.«
»Wieso Rhöndorf?«
»Ist ein Stadtteil von Bad Honnef. Mignon hatte dort ihren ersten Job als Sekretärin beim Deutsch-Französischen Jugendwerk, das ist mittlerweile nach Berlin umgezogen.«
Thomas nickt. Vier Wochen Ehe reichen wohl nicht aus, um einander ein Leben zu erzählen.

Eine Weile sitzen wir auf der Böschung am Straßenrand wie müde Krähen. Dann schlendern wir wortlos zum Wagen zurück. Stumm setzt sich Thomas ans Steuer und fährt los, einzig die Straße im Blick. Ich schaue aus dem Fenster. Der

Taunus glüht rot und golden, in den Bäumen prasselt ein Feuerwerk der Farben. Schweigend zuckeln wir über die Bundesstraße durch den Wald, passieren Wiesen und Kurstädtchen. Schlangenbad und Bad Schwalbach. Ich hätte große Lust, anzuhalten und in einem dieser kleinen Cafés zwischen vereinsamten Kurgästen Kakao zu schlürfen. Aber ich wage nicht, Thomas Derartiges vorzuschlagen. Vielleicht sollte ich ihn animieren, gemeinsam nach Rhöndorf zu pilgern, an Adenauers Grab, und die Verwandten von Mignons erstem Mann aufzusuchen?

Auf dem Armaturenbrett vor mir liegen kleine weiße Zettel. Einer flattert mir entgegen. Er ist mit Schönschrift beschrieben. Thomas protestiert nicht, als ich ihn in die Hand nehme. Also lese ich:

Freundschaft

Wir wanderten durch die Wälder.
Wir verloren uns in den Bergen,
ich suchte und fand dich nirgends.

Ich traf dich in den Städten.
Wir verstanden uns wortlos:
Ich hatte dich eingeholt.

Ich würde dir gern
aufs Meer hinaus folgen.
Doch ist es groß.
Vielleicht
verlieren wir uns wieder.

Fragend schaue ich Thomas an, aber er starrt nur wie gebannt auf die Straße. Ich studiere erneut das Papier in meiner Hand. Mignons Schrift ist das nicht.

»Ich ... ich arbeite an einem Gedichtband«, sagt Thomas endlich mürrisch.
Er wirkt ertappt, verlegen, schelmisch. Wie ein Schuljunge, denke ich. Er hat Angst, dass ich die Gedichte nicht gut finde, und doch möchte er, dass ich sie lese. Er würde sich freuen, wenn sie mir gefielen. Ich verkneife mir ein Grinsen und fische nach dem nächsten Zettelchen.

Block B

Ich laufe um den Block.
Es regnet.

Mein Vater
hat vom Blockwart erzählt.

Die Nachbarn
feiern eine Blockparty.

Block B
in Biblis
wird wieder angefahren.

»Nicht schlecht«, murmele ich, »Respekt!«
Thomas nickt dankbar. »Erzähl mir von Mignon!«, sagt er leise, als wolle er von den Gedichten ablenken.
»So viel weiß ich gar nicht von ihr!«, sage ich und bin selbst erstaunt. Ich habe ihr vermutlich viel mehr Geschichten anvertraut als sie mir. »Sie hat viel über meine Kindheit wissen wollen«, sage ich. »Ich musste ihr oft von meinen Eltern erzählen.«
»Hm«, macht Thomas.
»Ich habe meinen Vater nie gekannt, weißt du. Nein, das stimmt so nicht. Ich habe ihn schon gekannt, aber ich wusste lange Zeit nicht, dass er mein Vater war. Er war ei-

ner unserer Nachbarn. Ich habe ihn Onkel Linus genannt. Onkel Linus war verheiratet, und meine Mutter hat immer so getan, als sei ich …«
»Ja?«
»Dabei hatte sie jahrelang ein Verhältnis mit unserem Nachbarn, immer in der Angst, die Sache fliegt mal auf. Na, die Leute hätten sich das Maul aber auch zerrissen!«
»Und … Wie war das für dich, als du ein Kind warst? Hat dir das etwas ausgemacht, ohne Vater aufzuwachsen?«
»Ach, woher!«, sage ich schnell. »Ich hatte eben keinen Vater, Margret hatte ja auch keinen. Ich habe gedacht, mein Vater ist irgendwo auf der großen weiten Welt, und ich habe mir immer den tollsten und besten Vater vorgestellt, den man haben kann. Einen Kapitän auf hoher See in schöner Uniform. Einen echten Prinzensohn, irgendwo in einem tollen Schloss.«
»Und als du erfahren hast, dass es der Nachbar war?«, will Thomas wissen.
»Na ja, das war schon ziemlich enttäuschend. Er war so ein kleiner untersetzter Mann mit Halbglatze. Im Sommer trug er meistens ein Feinripp-Unterhemd und nichts darüber.«
»Du Arme!«
Wir seufzen im Duett, Thomas grinst schief, und dann fallen wir beide in ein erlösendes Lachen.
»Ich habe ihn auch noch Onkel Linus genannt, als ich schon wusste, dass er mein Vater war! Mignon hat die Geschichte fasziniert. Ich musste sie wieder und wieder erzählen.«
Sie war überhaupt sehr neugierig auf das Leben anderer. Vielleicht hat uns das verbunden, diese Neugier.
»Mignon hat mir oft bei meinen Leserbriefen geholfen«, erzähle ich Thomas. »Ich habe sie ihr vorgelesen, dann haben wir abwechselnd alle möglichen Antworten auspro-

biert, auch ganz alberne, bis uns eine gefiel. Einmal haben wir dabei so gelacht, dass Frau Doktor hereinkam, um nach dem Rechten zu sehen ...«

Nur mit Männern kam Mignon nicht so gut klar. Sie war einfach zu stürmisch. Einmal hat sie einen Leser getroffen, der selbst auf der Suche nach einer Partnerin war und uns das geschrieben hatte. Er hatte ein Porträtfoto beigelegt, das uns beide sehr beeindruckt hat. Frau Doktor durfte davon natürlich nichts wissen. Mignon hat dem Mann also heimlich zurückgeschrieben, und sie haben sich für ein Wochenende auf Sylt verabredet.

Als Mignon zurückkam, war die Geschichte auch schon vorbei. Was hast du angestellt?, habe ich sie gefragt. Da kam heraus, dass sie den Mann schnurstracks an den FKK-Strand geschleppt hatte, ohne dass sie sich vorher näher kennen gelernt hatten. Das hatte dem Guten nicht gefallen. Nicht, dass Mignon ihn abgeschreckt hätte. Mignon sieht für ihr Alter einfach noch toll aus. Aber er hat sich geniert. Er hatte einen fürchterlichen Schmerbauch.

Nun, diese Geschichte kann ich Thomas jetzt schlecht erzählen. Aber ... Wie hat Mignon *ihn* überhaupt erobert? War sie bei ihm rücksichtsvoller?

»Wie hast du Mignon eigentlich kennen gelernt?«

»Ooh«, sagt Thomas. »Ich weiß es nicht mehr. Das ist schon so lange her!«

»Was erzählst du da? Das kann doch höchstens elf, zwölf Wochen her gewesen sein!«

»Ja, stimmt«, lenkt Thomas ein. »Mir kommen die paar Wochen schon vor wie eine Ewigkeit.«

Als ich zu Hause meinen Schlüssel ins Schloss stecken will, wird die Tür von innen aufgerissen. Hektor steht vor mir, sein weißes Hemd leuchtet, sein dunkler Teint glüht. Hinter ihm hopst Nelly auf und ab.
»Hi, Tante Senta!«, kreischt Nelly.
»Senta, meine Liebe!«, flötet Hektor. »Ich muss unbedingt mit dir reden!«
»Hast du die Wohnung doch nicht gekriegt?«, frage ich bitter. »Oder willst du um Nellys Hand anhalten?«
»Margret will mich noch immer nicht sehen!«, klagt Hektor. »Und von meiner neuen Wohnung will sie nichts wissen. Du musst unbedingt etwas unternehmen!«
»Ich?« Ich muss an Margrets Assistenzarzt denken.
»Du bist ihre einzige Schwester!«, legt Hektor nach.
»Halbschwester!«, korrigiere ich.
Nelly und Hektor ziehen mich ins Wohnzimmer. Auf meinem Beistelltisch thront eine seltsame bronzefarbene Etagère mit einem Henkel oben dran. Sie ist mit allerlei Häppchen dekoriert, die das Herz eines jeden Griechenlandtouristen höher schlagen lassen würden.
»Retsina?«, flötet Hektor. »Domestika? Samos?«
»Lesbos!«, sage ich.
Hektor ist von mir enttäuscht. »Margret ... Senta ...«
»Marlene! Nenn mich einfach Marlene. Das ist schließlich mein richtiger Name.«
Schon wieder habe ich Hektor aus dem Konzept gebracht.
»Ich wollte ... Ich meine ...«
Er bricht ab, schaut mich lange an. Was er sieht, scheint ihm zu gefallen. Er badet mich in seinen Blicken. Dabei bin ich meiner Schwester kein bisschen ähnlich. Wir sind eben nur Halbschwestern.

Hektor rutscht näher zu mir heran. »Moment, da ist etwas«, murmelt er und zupft mit zwei Fingern ein Haar aus meinem Dekolleté. Es kann nur eins von meinen Haaren sein. Er hält es hoch und betrachtet es verwundert, als sei es aus purem Gold.

»Meine liebe Frau Senta!«, murmelt er verzückt. Und jetzt weiß er nicht, wohin mit dem Haar.

Ich nehme ihm mein Haar weg.

Nelly schaut uns zu und bläst missbilligend die Wangen auf.

»Nelly! Mach nicht solche Hamsterbacken! Die stehen dir nicht.«

»Hamster?«, quiekt Nelly. »Hilfe, mein Hamster!«

Hektor lässt meine Hand los, die er gerade so liebevoll genommen und zu streicheln begonnen hat, und blickt irritiert auf.

»Mein Hamster!«, schreit Nelly jetzt lauter.

Ich schüttele den Kopf.

»Nelly, zieh bitte nicht schon wieder so eine Schau ab! Ich kann das nicht leiden.«

»Nein«, jiepert Nelly, »es ist wahr, es ist wahr! Ich habe meinen Hamster zu Hause vergessen, großes Indianerehrenwort!«

»Margret hat mir nichts davon gesagt, dass du einen Hamster ...«

»Margret!«, erinnert sich Hektor stöhnend.

»Er gehört ja auch meiner Freundin Mascha!«, erklärt Nelly. »Ich habe ihn nur in Pflege.«

»Ja, und da lässt du ihn ganz allein zu Hause in der Wohnung?«

»Hamster sind Einzelgänger«, verteidigt sich Nelly. »Und er hatte für drei Tage genug Wasser und Fressen.«

»Nelly, du hast nicht zufällig wieder einen LSD-Trip mit Hektor eingepfiffen, nein?«

»Was, wie bitte?« Hektor ist entsetzt.

»Nelly gibt manchmal eine kleine Kostprobe ihres schauspielerischen Könnens und lässt sich absurde Geschichten einfallen«, erkläre ich Hektor. Er nickt verstört.
»Tante Senta, es ist alles wahr, ich schwöre!«, jammert Nelly.
»Na gut«, sage ich. »Okay. Dann holen wir den Hamster am besten zu uns. Die arme Knoblauchfleischwurst lassen wir solange hier.«
»Wen?«, fragt Hektor irritiert.
»Waldi, egal«, sage ich. »Du bist nicht gemeint.«
Wir erheben uns alle drei gleichzeitig, wie auf Kommando. Hektor streicht sich über sein schwarzes Glanzhaar und macht einen förmlichen Diener vor mir.
»Senta ... Marlene! Redest du nochmal mit Margret?«
»Jaja«, sage ich schnell, um ihn ruhig zu stellen.
Nelly hockt schon auf meinem schönen Perserteppich und zieht sich ihre dreckigen Doc Martens an.
»Tschüs, Hektor!«, brüllt sie.
Artig verbeugt sich Hektor auch vor ihr und verzieht sich rückwärts in den Flur. Als die Haustür hinter ihm zuschlägt, reißt sich Nelly die Doc Martens sofort von beiden Füßen.
»Na endlich! Den sind wir los.«
»Nelly?«
»Ja, wolltest du den etwa hier behalten?«
»Lass mich raten. Du hast gar keinen Hamster zu Hause, stimmt's?«
»Nie gehabt«, kichert Nelly und zieht Waldi auf ihren Schoß.
»Nelly! Du hast mir versprochen ...«
»Ach!«, winkt Nelly ab. »Der hat doch nur genervt.«

»Es war furchtbar!« Dorte Jürgens streicht sich die kurzen Locken hinter die Ohren. »Ihr Gesicht war total ... war bis zur Unkenntlichkeit verbrannt. Als wir ihre Leiche obduziert hatten, stellten wir fest, dass sie mit dreiundzwanzig Messerstichen getötet worden war. Vermutlich hat die Geschichte Stunden gedauert. Erst als sie tot war, haben sie sie angezündet und verbrannt.«
Blass hänge ich an den Lippen der Kommissarin.
»Und warum das alles?«, frage ich. Meine Stimme zittert.
Mein Gegenüber schüttelt den Kopf. »Ein Ehepaar aus Schweden. Sie haben sich an ihren Opfern bereichern wollen. Sie haben schon seit Jahren Leute ausgeraubt, sind zuerst freundlich gewesen, haben das Vertrauen ihrer Opfer erweckt. Die Täterin hat Kopien von Kunstwerken verkauft. So hat sie die Opfer kennen gelernt. Dann hat sie angeboten, dass ihr Mann den Leuten die Bilder zu Hause aufhängt, so sind sie dann in die Wohnungen gekommen. Sie haben sich einladen lassen, zusammen gefeiert. Manchmal hatten sie auch Sex mit den Kunden, einer von beiden oder auch beide, je nachdem. Und irgendwann, wenn die Gelegenheit günstig war, haben sie die Leute ausgeraubt. Die Opfer haben es nie gewagt, sich zu melden. Sie hingen schon zu tief mit drin.«
»Aber warum haben sie die Frau in dem Auto ...?«
»Sie hat sich wohl zu sehr gewehrt. Es lief nicht alles so wie geplant. Da haben sie zugestochen.«
»Aber eine Entführung aus dem Auto heraus war das nicht ...«
Dorte Jürgens schüttelt den Kopf. »Nein, sie haben sie in ihrer Wohnung überwältigt und dann ... Die Leiche wurde erst später in das Auto geschleppt. Aber Sie haben mich

nach Motiven gefragt. Habgier ist ein Motiv. Perverse Abenteuerlust auch.«

Ich nicke. Wir sitzen im Büro der Hauptkommissarin. Sie hat mich herbestellt. Eigentlich wollte sie mich fragen, was ich alles über Mignon weiß. Jetzt erzählt sie mir von ihrem Leben. Vom Leben als Kommissarin.

»Das war damals mein erster Fall«, sagt sie leise. »Anfang der siebziger Jahre. Ich war noch ganz jung. Frisch von der Schule weg zur Polizei. Ich konnte gar nicht fassen, dass Menschen so was tun. Ich war wochenlang krank danach. Und wissen Sie, was die Täter tatsächlich erbeutet haben?«

»Nein.«

»Eine Scheckkarte. Mehr hatte das Opfer nicht bei sich. Sie haben dann mit dieser Scheckkarte – die Unterschrift haben sie gefälscht – alle Läden abgeklappert. Aber damals gab es nur wenige Läden, die so ein System zum Abbuchen hatten. Es hat damit geendet, dass sie sich für horrendes Geld Schuhe gekauft haben. Einen Berg Schuhe! Dafür haben sie einem Menschen das Leben genommen.«

Eine Weile ist es ganz still in Dortes kleinem Büro. Wir blicken beide aus dem Fenster, an den polizeigrünen Vorhängen vorbei auf die Jugendstilhäuser gegenüber. Die Vorhänge sind das einzig Farbige hier im Raum. Der Rest ist weiß, naturweiß könnte man freundlicherweise sagen, vergilbtweiß käme den Tatsachen näher. Die Möbel sind vom Billigsten, braun mit Holzlasuren, denen man kilometerweit ansieht, dass sie imitiert sind und aus Plastik bestehen.

»Und Mignon?«, frage ich. »Was ist mit ihr?«

»Wir haben keine Idee«, gibt die Kommissarin zu. »Die einzige Spur ist immer noch die Geschichte mit dieser Versicherung. Das heißt, der einzige Verdächtige, den wir haben, ist und bleibt Thomas Pottrowski.«

»Aber Thomas würde doch nie ...«
»... einen Menschen umbringen? Mörder sehen nicht immer wie Mörder aus, glauben Sie mir!«
»Was ist mit Mignons früherem Lebensgefährten, dem in der Fremdenlegion?«
Die Kommissarin zuckt die Schultern. »Da sind wir dran. Aber das ist nicht so einfach. Da müssen wir Interpol einschalten. Wer in die Fremdenlegion geht, darf seine Identität für immer wechseln. Der französische Staat ist nicht in jedem Fall zu Auskünften verpflichtet.«
»Ja, aber ...«
»Und außerdem: Was soll das bringen? Ich meine, was sollte der Exfreund für ein Motiv haben? Die Versicherung läuft auf Herrn Pottrowski.«
»Er ist aus der Legion entlassen worden«, phantasiere ich. »Und er hat noch eine alte Rechnung offen ...«
Die Kommissarin zuckt die Schultern. »Unwahrscheinlich, nach so langer Zeit. Aber wir werden auch dem nachgehen. Können Sie sich vorstellen, dass Geld im Auto war, Geld, das die Täter mitgenommen haben könnten?«
Ich schüttele den Kopf. Mignon war nicht reich, und Thomas ist es auch nicht. Wenn die beiden vorher keine Bank ausgeraubt haben ...
»Nicht, dass ich wüsste. Mignon hat nichts gespart. Sie lebte von der Hand in den Mund, gab ihr Geld aus, so wie es reinkam. Sie war eigentlich immer pleite.«
»Was machte sie denn mit ihrem Geld? Irgendwo muss es doch geblieben sein!«
»Ich weiß es nicht, danach habe ich sie nie gefragt.«
Ich schaue die Kommissarin verwundert an. Sie hat Recht. Wo hat Mignon ihr Geld gelassen? Ihr Lebensstil war eher bescheiden. Gereist ist sie so gut wie nie. Ihre Kleider, Schuhe und Taschen kaufte sie wie ich *second hand*.
»Was hatte Mignon überhaupt an, als sie ...« So eine dum-

me Frage! Ich ärgere mich über mich selbst. Als ob das eine Rolle spielt, was man so trägt bei einer Entführung!
»Einen Lackmantel«, sagt die Kommissarin trocken. »Die Farbe war recht ausgefallen. So ein leuchtendes Erbsengrün.«
»Einen Lack...?« Ich ringe nach Luft.
»Ist eigentlich gar nicht mehr modern«, meint mein Gegenüber.
Ich schaue die Kommissarin entsetzt an. Himmel! Das war *mein* erbsengrüner Lackmantel, der, den ich mit Mignon gegen ihre Louis-Vuitton-Tasche getauscht habe! Die Farbe hat mir nicht gestanden. Abgesehen davon, war sie schon damals nicht mehr modern. Aber Mignon hatte der Mantel gefallen.
Ich lächele tapfer.
Hatte der Entführer es etwa auf mich abgesehen? War ich es, die verschleppt werden sollte? Aber warum nur? Hatte ich einem meiner Leser einen schlechten Rat erteilt?

Im siebten Himmel

Liebe Frau Senta!
Ich bin sehr froh, dass auch Sie an Ufos glauben. Ich meine an außerirdisches Leben. Mein Vater sagt, ich bin ein Spinner, nur weil ich denke, dass es im Weltall noch andere Lebewesen gibt. Neulich bin ich deswegen von zu Hause abgehauen. Ich hatte so einen Streit mit meinem Vater, dass ich ihm meinen Pass geklaut habe und etwas Geld und einfach abgehauen bin. Ich habe gedacht, ich schlage mich nach Amerika durch. Dort gibt es Leute, die glauben an Ufos. Die haben eine Landebahn für Ufos gebaut. Sie sind

bereit für den großen Tag. Sie haben ihre Koffer schon gepackt. Wenn die Ufos kommen, wollen sie mit den Außerirdischen ins Weltall reisen. Hoffentlich klappt alles, ich meine, dass ihre Weltraumanzüge auch dichthalten und so. Leider habe ich es nicht bis Amerika geschafft, als ich abgehauen bin. Die Polizei hat mich aufgegriffen, aber erst nach zwei Tagen. Meine Mutter hat viel geweint in diesen zwei Tagen. Seit die Polizei mich zurückgebracht hat, ist sie sehr viel netter zu mir. Wie ist es, wollen Sie nicht mit mir nach Amerika fliegen, zu den Ufo-Leuten mit der Landebahn? Wir könnten gemeinsam auf die Außerirdischen warten!
Ihr Steffen
P. S.: Sie wissen schon, wer.

Liebe Frau Senta!
Vor einem Jahr habe ich meinen Mann verlassen und bin zu meinem damaligen Geliebten gezogen. Ich dachte, das müsste der Gipfel des Glücks für mich sein. Aber ich hatte mich geirrt. Mein Geliebter entpuppte sich im Alltag als ein langweiliger Geselle, der am liebsten mit Bier und Zigaretten vor dem Fernsehkasten saß. Außerdem war er plötzlich in Geldsachen kleinlich. Er war ganz und gar nicht mehr der feurige Liebhaber, den ich an ihm gehabt hatte, als ich noch verheiratet war. Im Gegenteil, er fing sogar an, den jungen Mädchen auf offener Straße nachzustarren. Fast war es, als hätte die Tatsache, dass ich mit jemand anderem verheiratet gewesen war, auf meinen Geliebten wie ein Aphrodisiakum gewirkt, das ihm jetzt, wo er selbst zum Ehemann avanciert war, bitter fehlte. All die Heimlichkeiten zum Beispiel! Immer öfter fragte ich mich, ob sich mein Schritt gelohnt hatte, den Ehemann gegen den Geliebten zu tauschen …

Diese Briefe lösen eine Flut verrückter Gedanken in mir aus. Ich stelle mir vor, mit Steffen ins Weltall zu reisen. Wie alt mag er sein? So alt wie Nelly, beschließe ich. Nein, jünger, vermutlich ist er erst zwölf. Was mögen seine Außerirdischen für Wesen sein? Ob sie ähnliche Probleme haben wie wir? Verlieben sie sich, sind sie treu, gehen sie fremd? Vielleicht suchen sie sich ihre Partner am Computer aus, danach, wessen Gene am besten zusammenpassen, und basta? Gefühllose Fortpflanzung.
Ich frage mich, wie es um die Menschheit bestellt wäre, wenn es keine magische Anziehungskraft mehr gäbe von irgendwelchen Busen, Hintern, Haaren, kein Dahinsinken mehr wegen irgendwelcher Blicke oder Stimmen. Ob wir dann noch die Partner hätten, die wir haben? Würde Hektor Margret nachlaufen und Margret Mister Emergencyroom? Würde Thomas von Mignon träumen und ich von ihm? Hätte Mignon ihren Legionär geliebt?
Ich spinne den Faden weiter:
Mignons Ex war vielleicht hoffnungslos romantisch. Mal angenommen, er hätte seinen Lebensabend mit Mignon verbringen wollen und hätte sie rauben lassen. Er hätte sich mit ihr nach Kanada absetzen wollen. Nach New Orleans? Oder nach Martinique? Soweit ich weiß, spricht man da überall Französisch. Sollte ich meiner Kommissarin von meinen Überlegungen erzählen?

Schwesternliebe

»Nimm zwei Becher Sahne, zwei!« Margrets Ton ist fast hysterisch. Sie steht hinter mir, ich kann ihren Atem in meinem Nacken spüren. Sie beobachtet all meine Bewegungen,

dicht an mich gedrängt. Es ist, als agiere sie durch mich, ich muss das für sie tun, was sie nicht tun kann.
»Wieso zwei Becher?«, frage ich scharf. »Wer soll das alles essen? Sahne macht eh nur dick!«
Ich bin genervt. Ich habe vergangene Nacht zu wenig geschlafen und zu viel über Mignon nachgedacht. Wo sie jetzt sein mag. Wie es ihr geht. Und warum die Polizei so langsam vorankommt.
»Egal!«, sagt Margret. »Es wäre einfach peinlich, wenn wir zu wenig Sahne hätten.«
Wir stehen in Margrets Küche, vor der Anrichte. Ich schlage Sahne. Der Quirl summt.
Margret ist gestern aus dem Krankenhaus entlassen worden. Nelly lümmelt mit der armen Knoblauchfleischwurst im Wohnzimmer auf dem Sofa herum und guckt *Viva*. Ich muss Margrets Kaffeeeinladung richten. An Margrets statt. Sie hat Hektor eingeladen.
»Ob er auch pünktlich ist?«, schreit Margret.
»Was weiß ich«, brülle ich, »Ich kenne ihn ja kaum.« Ich kenne nur seine neue Wohnung. Und sein Gejammer um Margret. Na ja, und die paar gierigen Blicke, die meiner Körbchengröße galten.
»Eigentlich ist er immer unpünktlich«, berichtet Margret lautstark. »Das ist es ja. Es ist zum Verzweifeln mit ihm in dieser Hinsicht. Das ist sein südländisches Temperament.«
»Hm. Und um wie viel zu spät pflegt der Herr so zu kommen?« Ich stelle den Quirl leiser, um Margret besser hören zu können. Stattdessen kann ich jetzt Nellys Lieblingsmusik besser hören, die aus dem Wohnzimmer zu uns dringt. *It's my life.*
»Och«, sagt Margret gedehnt. »Das Kürzeste, was ich je gewartet habe, war eine halbe Stunde.«
»Das geht ja noch«, sage ich.

»Und das Längste, was ich je gewartet habe«, sagt Margret, »das waren drei Stunden.«
Ich fahre herum, den noch laufenden Sahneschläger in der Hand. Sahne kleckert durch Margrets Küche.
»He!«, beschwert sich Margret. »Du bist doch noch gar nicht fertig! Schlag die Sahne gefälligst zu Ende!«
Zu Klumpen, denke ich, zu Klumpen. Wenn man Sahne lange genug schlägt, wird daraus Butter. Das weiß jedes Kind.
»Einmal«, sagt Margret, »da mussten wir zum Flughafen. Wir hatten das Wochenende in Paris verbracht und wollten zurück nach Frankfurt fliegen.«
»Ach, wie nett.«
»Ja. Und Hektor hatte noch einen Freund besucht in Paris. Und ich war noch bummeln gewesen am letzten Tag. Wir wollten uns im Hotel wieder treffen und gemeinsam zum Flughafen fahren, mit der Métro.«
»Ja? Und?«, will ich wissen.
»Die Métro streikte. Und Hektor, der hatte die Nachrichten gehört, oder sein Freund hatte sie gehört, was weiß ich. Jedenfalls ist Hektor schnurstracks mit dem Taxi zum Flughafen, von seinem Freund aus. Er war pünktlicher als pünktlich, kann ich dir sagen.«
»Ja, und du?«
»Ich habe eine Stunde gebraucht, um mitzukriegen, dass die Métro streikte. Und als ich es endlich gerafft hatte, gab es keine freien Taxen mehr. Ich musste mir die Bluse aufknöpfen, damit mich einer dieser Taxifahrer mitnahm, und dann hat er mich über den ganzen *Périphérique* geschaukelt, statt quer durch die Stadt zu fahren, was natürlich nicht nur länger dauerte, sondern auch teurer war.«
»Das ist nicht dein Ernst!«
»Nein, stimmt. Du hast Recht. Das mit dem *Périphérique* ist nicht wahr. Das war am Tag davor.«

Ich nehme das Sahneschlagen wieder auf. Oder doch lieber das Butterschlagen? Der kleine Küchenhelfer summt hell vor sich hin. Ich lausche ihm ergeben, lausche und warte. Ich zügele meine Emotionen im letzten Moment und höre mit der Quirlerei auf, als die Sahne am schönsten ist. Es sind mindestens fünf Liter. Eine riesige Schüssel voll Schaum. Ein Berg, weiß wie Schnee.
»Da!« Zufrieden schiebe ich Margret ihren Sahneberg hin. »Du isst alles, was übrig bleibt, abgemacht?«
Margret lächelt glücklich und schweigt.
»Warum hast du Hektor eigentlich eingeladen?«, frage ich. Als ich ihr zuletzt von Hektors Sehnsucht nach ihr erzählt habe, war sie nicht sonderlich gerührt.
Margret lächelt immer noch. »Ich muss ihm doch sagen, dass wir heiraten!«
»Wer? Hektor und du? Ihr heiratet?«
Jetzt bin ich wirklich von den Socken.
»Aber nein, Dummerchen«, flüstert Margret. »Ich heirate Daniel. Den jungen Arzt aus dem Krankenhaus!«
»Mister Emergencyroom?«
»Wie beliebst du meinen Zukünftigen zu nennen? Was fällt dir ein? Er heißt Daniel! Daniel Schmitz, verdammt!«
»Ich will keinen Stiefvater!«, protestiert Nelly aus dem Wohnzimmer. »Einen Stiefvater will ich nicht!«
»Meine liebe Frau Schmitz!«, sage ich. »Sag mal, was erlaubst du dir eigentlich? Du lädst mich hier ein und ... Und ich denke, wir feiern deine Genesung ... Und stattdessen muss ich hier deine Angestellte spielen, und du kommandierst mich herum, und jetzt soll ich auch noch den Bodyguard geben, wenn du Hektor mitteilst, dass du Daniel Schmitz heiratest?«
»Meine liebe Frau Senta! So ist es. Ich brauche dich. Du musst mir helfen. Wenn ich Hektor allein aufkläre, rastet er aus!«

»Aber wozu diese ganze Party? Du hättest Hektor doch auch ganz einfach anrufen können!«
»Ich will aber ganz offiziell mit ihm Schluss machen!«
»Ach! Und das alles sagst du mir jetzt? Konntest du mich nicht vorher fragen? Stellst mich vor vollendete …«
»Ach, Marlene, bitte. Ich hab doch nur dich!«
Erschöpft lasse ich mich auf einen Stuhl an Margrets Küchentisch sinken. Was soll ich machen? Sie hat ja wirklich nur mich.
Meine Mutter hatte auch immer nur mich. Schon als ich sechs war, hat sie ihre Probleme bei mir abgeladen. Hat mir all ihre Sorgen erzählt. Dass wir kein Geld hatten. Dass der Nachbar sie bedrängte. Dass sie allein war auf der weiten Welt. Außer mir hatte sie ja niemanden. Und dass sie deswegen sterben wollte. Gelegentlich.
Du bist mein schlaues Kind, hat sie zu mir gesagt, als wäre Margret geistig völlig unterbelichtet. Und obwohl ich die Kleine war, sieben Jahre jünger als Margret, war ich es, die sie trösten musste. Angst habe ich um sie gehabt. Wegen des Nachbarn. Und wegen des Sterbenwollens. Meine kleinen Arme habe ich um sie geschlungen, wenn ich nachts wach wurde, weil sie im Dunkeln neben meinem Bett hockte und weinte. Bis sie sagte, es sei gut. Es sei schon gut.

»Es ist schon gut, Margret«, sage ich. »Komm. Lass uns ins Wohnzimmer gehen. Vielleicht kommt noch ein schöner Spielfilm im Fernsehen. Für den Fall, dass Hektor heute erst in drei Stunden …«
»Tante Senta!«, schreit Nelly, als ich die übervolle Sahneschüssel ins Wohnzimmer balanciere. »Ich komme aber nachher wieder mit zu dir! Hier kann ich nicht bleiben, Mutti ist noch viel zu krank, das siehst du doch selbst!«
»Ja«, seufzt Margret wie aufs Stichwort und fasst sich un-

ter ihren perfekten Busen. »Mir tun noch alle Rippen weh von diesem Sturz aus dem Hochsitz!«
Ich bleibe wie angewurzelt stehen, möchte die Sahneschüssel fallen lassen. Doch da, wo sie hinfallen würde, wenn ich das täte, hockt die arme Knoblauchfleischwurst, stiert auf meine Sahneschüssel, sabbert und leckt sich das Maul.

Wir müssen keine halbe Stunde auf Hektor warten. Es schellt, Nelly eilt zur Tür und öffnet, und Hektor steht in Margrets Flur, strahlend und heiter. Er hat zwei Rosensträuße im Arm, einen gelben und einen roten. Ich bin eher bei ihm als Margret, die noch immer etwas humpelt.
»Senta, meine Liebe«, säuselt Hektor und gibt mir einen Kuss in den Nacken. »Du bist ja so lieb! Dass du das für mich getan hast ...!«
»Was denn?«, frage ich.
Margret und Nelly schauen uns verstört an.
»Dass du Margret für mich weich gekocht hast«, flüstert Hektor in mein Ohr und drückt mir die gelben Rosen in den Arm. Sie riechen wunderbar. Dankbar senke ich mein Gesicht in die zarten Blüten.
»Hektor ...«, sage ich. »Margret hat dich aus freien Stücken eingeladen ...«
»Du bist die geborene Psychologin«, lobt Hektor laut.
»Niemand ist geeigneter, eine Kummerkastentante zu sein, als du!«
Ich werde rot vor Scham und Glück. Schon lange hat mich niemand mehr so aufrichtig gelobt. Selbst Frau Doktor nicht.
»Hektor ...?« Muss ich ihm nicht sagen, dass Margret ihn eigentlich nur eingeladen hat, um ihm ihre Hochzeit mitzuteilen? Ihre Hochzeit mit Mister Emergency Room? Muss ich Hektor nicht warnen?
»Seit wann hast du eigentlich was mit Senta?«, fährt Margret den Mann an, mit dem sie Schluss machen will.

»Ich? Mit Senta? Oh, das ... Margret, meine Liebe!« Hektor will auf meine Schwester zu schweben, aber irgendwie geht alles schief.
»Komm mir nicht so!«, schreit Margret aufgebracht. Und da ist Hektor auch schon über die arme Knoblauchfleischwurst gestolpert, die sich zwischen uns gedrängt hat, vermutlich, weil sie Angst hatte, etwas zu verpassen. Hektor liegt auf dem Boden, und die schönen Rosen sind im ganzen Flur verteilt, und Margret stampft mit dem gesunden Fuß auf den Rosen herum, als sei sie Rumpelstilzchen, und die arme Knoblauchfleischwurst hat sich erschrocken und jault.
»Wie kannst du es wagen, hinter meinem Rücken etwas mit meiner Schwester anzufangen?«, stellt Margret Hektor zur Rede.
»Aber Margret! Ich habe doch gar nicht ... Ich bin doch gar nicht ...«
»Pfui«, ruft Margret und weist mit dem Finger zur Tür, und die arme Knoblauchfleischwurst zuckt zusammen und kriecht dorthin, wohin der Finger meiner Schwester weist.
Endlich hat sich Hektor aufgerappelt. Im Stehen hat er auch seine Würde wiedergefunden. Er schüttelt sanft den Kopf, macht einen kleinen Diener zu Margret hin – eine Geste, die durchaus ironisch gemeint sein könnte – und sagt zu mir: »Danke trotzdem, Marlene. Ich rufe dich an.« Spricht's, kehrt uns den Rücken und geht.
Wir brauchen einen Moment, um uns zu fangen, Margret, Nelly, der Hund und ich.
»Sag mal«, frage ich meine Schwester wie eine gestrenge Lehrerin, »was regst du dich eigentlich so auf, wenn Hektor mal ein bisschen nett zu mir ist? Ich dachte, du hast ihn eingeladen, um mit ihm Schluss zu machen?«
»Richtig!«, trompetet Margret. »Ich mit ihm. Aber nicht er mit mir!«

Ich zucke ergeben die Schultern. Gegen solche schweren Geschütze bin ich machtlos.
»Ich gehe dann«, sage ich.
»Ich komme mit«, flötet Nelly.
»Waldi!«, rufe ich. Doch Waldi gehorcht mal wieder nicht. Ich werfe einen Blick ins Wohnzimmer. Und dann sehe ich es. Waldi hat sich in einen der Sessel hochgearbeitet. Seine Vorderpfoten stehen auf dem Tisch. Und seine rote Zunge fährt genüsslich durch die fünf Liter geschlagene Sahne, die niemand von uns angerührt hat.

Ausflug

Der Rhein schlingt sich wie ein riesiges, breites Band durch das Tal. Die zwei Inseln liegen im Fluss wie zwei Hand voll Sand, die ein Kind beim Spielen in eine Pfütze platziert hat. Die Frachter gleichen Spielzeugschiffen, sie scheinen festzuliegen, sich nicht zu bewegen.
»Kann man Rhöndorf von hier aus sehen?«, fragt Thomas.
»Von hier aus kann man alles sehen«, strahle ich ihn an, ohne meine Aussage zu überprüfen. Grafenwerth und Nonnenwerth liegen in meinem Rücken, Thomas ist es, der die Inseln betrachtet. Ich betrachte Thomas.
»Hier hat die Nachkriegsgeschichte Deutschlands angefangen«, doziere ich großspurig. »Da drüben ...«, ich strecke meinen Arm aus, »... da liegt Bonn. Und dort ...« – ich strecke meinen anderen Arm nach hinten aus –, »... da hat der Alte gewohnt. Zwischen seinen hundert Rosenstöcken haben die Amis ihn aufgegriffen und ihn überredet, dieses Land zu regieren. Da hatte er schon ein Politikerleben hinter sich.«

Thomas grinst.
»Ich weiß selbst nicht, ob das alles stimmt, was ich dir erzähle«, räume ich ein. »Vielleicht ist auch nur die Hälfte von alledem wahr. Vielleicht waren es nur fünfzig Rosenstöcke oder zwanzig. Ich bin keine gute Reiseführerin.«
»Du bist so lieb, Senta«, sagt Thomas warm. »Wenn ich dich nicht hätte ... Ich wüsste gar nicht, was ich machen sollte.« Er macht einen Schritt auf mich zu. Ich lasse meine ausgestreckten Arme sinken. Ganz leicht streicht Thomas mit dem Handrücken über meine Wange. Ich stecke meine Hände in seine Manteltaschen, lege meinen Kopf an seine Schulter. Er hält mich einen Moment fest, drückt mich dankbar an sich. Dann tut er einen Schritt zurück. Meine Hände gleiten ins Leere.
»Und wo werden wir gleich recherchieren?«
Stimmt. Das hatte ich beinahe vergessen. Wir suchen immer noch Mignon. Thomas sucht Mignon. Und ich ... Na ja, ich natürlich auch. Mignon ist schließlich meine beste Freundin. Vor allem aber will ich Thomas helfen, sie zu finden. Ich fange an, ihn zu mögen. Und ich habe keine Ahnung, was am Ende bei alldem herauskommen wird.
»Da unten werden wir recherchieren«, murmele ich und mache eine unbestimmte Handbewegung hinter meinem Rücken. »Was glaubst du, ob die Kommissarin schon hier war?«
»Bestimmt nicht«, sagt Thomas ernst. »Ich möchte wetten, wir wissen schon jetzt sehr viel mehr als sie.«

In Rhöndorf steht eine kleine Kapelle mitten auf der Straße. Nein, das kommt mir nur so vor. Die Straße teilt sich und führt rechts und links an der Kapelle vorbei. Ich balanciere den Stadtplan auf meinen Knien, Thomas chauffiert.
»Die erste rechts, jetzt!«, gebe ich an.

Thomas manövriert den Wagen brav in die erste Straße rechts hinter der Kapelle. Ich studiere die Hausnummern.
»Da! Da ist es. Wir sind schon da!«
Wir halten vor einem kleinen Fachwerkhaus an. Eine Steinmauer umgibt es. Geschickt geschnittene Büsche und wenige Pflanzen rahmen es ein. Sie präsentieren uns die letzten Farben des Spätherbstes, rote Hagebutten und gelbe Zierquitten.
Ich öffne die kleine hölzerne Gartenpforte. Noch ehe wir schellen können, steht eine schlanke, große Frau in der Haustür. Eleonore Seifert. Ich habe ihr unseren Besuch telefonisch angekündigt.
»*Sie* sind das«, sagt sie. »Wegen Mignon.«
Wir nicken. Stumm gibt sie jedem von uns die Hand. Winkt uns mit einem Kopfnicken hinein. Sie trägt Jeans und einen dunklen Pulli. Die hellgrauen Haare hat sie im Nacken zu einem Zopf gebunden. Sie muss Anfang siebzig sein. Eine Töpferin, denke ich, vom Typ her.
Neugierig werfe ich einen ersten Blick in ihr Haus. Der Flur ist mit alten Kacheln belegt. Kein Möbel verstellt den Weg. Auf dem Treppenabsatz steht ein kleiner Korb mit Briefen. Wir folgen Eleonore ins Innere des Hauses. Sämtliche Türen stehen offen, das lässt es größer erscheinen. Die kleinen Zimmer sind sparsam eingerichtet. Einen Weichholzschrank und einen Korb mit getrockneten Blumen erspähe ich in einem Zimmer, einen Schaukelstuhl, einen Korb mit Zeitungen und einen Fernseher in einem anderen.
Der Raum, in den uns Eleonore führt, beherbergt nur einen frisch geschrubbten Holztisch und vier Stühle. Vor dem Fenster hängen getrocknete Hagebuttenzweige. Und überall, auf dem Boden, auf der Fensterbank, im Bücherregal und auf dem Kamin, stehen halbhohe Skulpturen aus Ton. Es sind lauter Kerle, raue, klobige Gestalten, verwachsene Zwerge, bucklige Gnome, kleinwüchsige Räuber.

»Sie töpfern?« Lange habe ich nicht mehr eine so überflüssige Frage gestellt.
Die Frau lächelt nur. Als ich anerkennend die Brauen hochziehe, deutet sie eine leichte Verbeugung an.
Ohne dass ein weiteres Wort zwischen uns fällt, setzen wir uns an den Tisch.
»Sie kommen wegen Mignon«, wiederholt Eleonore.
Wir nicken und sammeln uns.
»Mein Sohn Peter«, beginnt unsere Gastgeberin, »er nannte sich später nur noch Pierre. Ich weiß nicht, ob Sie sich das vorstellen können. Nach dem Krieg, der Wiederaufbau, dann das Wirtschaftswunder. Die deutsch-französische Freundschaft war eine große Sache. *Charlemagne*, der Traum von einem großen Reich in der Mitte Europas. Zumindest haben einige Franzosen damals diesen Traum geträumt. Und einige Deutsche wohl auch. Ich habe mit Peter am Straßenrand gestanden, in einer riesigen Menschenmenge, als General de Gaulle hier war. *Mon général*. Mit Adenauer ist er im offenen Wagen durch unseren kleinen Ort gefahren.«
Sie lächelt versonnen. Wir nicken ermutigend. Sie soll weitererzählen.
»Alle Kinder hier lernten Französisch in der Schule. Der Jugendaustausch war ganz selbstverständlich. Es gab eine Organisation, die Esto, die hat französische Kinder hier in den Familien untergebracht, gegen ein paar Mark Kostgeld. Tagsüber hatten die Franzosen Sprachunterricht in Deutsch. Daneben gab es den Schüleraustausch. Man bekam ein Gastkind aus Frankreich – und im nächsten Jahr ging das eigene Kind in dessen Familie nach Frankreich. In den Ferien. So hat Pierre auch Mignon kennen gelernt.«
»Ja, aber ...« Thomas ist das nicht recht. »Warum hat man dann Jungen und Mädchen ... Wieso ist Mignon nicht in eine Familie mit einem Mädchen ...?«

»Ist sie ja auch. Ich habe eine Tochter, Roberta, ein Jahr jünger als Pierre. Roberta war eigentlich Mignons Austauschpartnerin. Aber als sie hier war ... Pierre und Mignon, das war Liebe auf den ersten Blick.«
Thomas' Gesicht verfinstert sich.
»Es war furchtbar für die beiden, als Mignon wieder zurückmusste, als jeder von ihnen wieder allein in seinem Land war. Sie haben sich geschrieben, ich glaube täglich. Sie schrieben sich so oft, dass die Briefe sich kreuzten. Sie mussten immer auf den vorletzten Brief antworten, weil der nächste schon da war ...«
»Okay«, sage ich. Ich kann es nicht ertragen zu sehen, wie Thomas eifersüchtig wird. Eifersüchtig auf diesen Pierre. So sehr liebt er Mignon?
»Als sie achtzehn waren, Mignon und Pierre, da gab es kein Halten mehr. Ich meine, damals war man mit achtzehn noch keineswegs volljährig. Ich war immer noch die Erziehungsberechtigte von Pierre und trug die Verantwortung. Aber was sollte ich tun? Sie hatten beide den Führerschein gemacht, sie waren ja gleich alt, Mignon hatte von ihren Eltern einen Deux Cheveaux geschenkt bekommen, Pierre hatte sich einen alten VW-Bus zusammengespart. Sie sind dauernd hin- und hergependelt, auch nur für ein Wochenende. Und dann hat Pierre diesen Studienplatz in Toulouse bekommen. Er hat ja eh Romanistik studiert, was anderes kam gar nicht infrage. Komparatistik hat er belegt und französische Literatur. Beim Frühstück hat er Baudelaire zitiert, *Les Sept Vieillards*, kennen Sie das?«
Ich nicke automatisch, Thomas schüttelt den Kopf. Unsere Gastgeberin winkt ab.
»Das Faszinosum des Hässlichen! Da werden sieben Greise beschrieben, die dem Dichter begegnen, einer sieht so schrecklich aus wie der andere. Da gibt es noch mehr sol-

che Bilder, von jungen Frauen, die sich in der Badewanne in Greisinnen mit hängenden Brüsten verwandeln …«
Ich blicke auf die Skulpturen, die Pierre-Peters Mutter geschaffen hat. Lauter Greise? *Les Sept Vieillards*?
»Ja«, sage ich, »und die beiden, Pierre und Mignon?«
»Sie haben sich unweit von Andorra einer Hippie-Kommune angeschlossen.«
»Aha.«
»Sie haben versucht, Land zu bestellen. War aber sehr schwierig, ist karges Land.«
»Ist das nicht etwas ungewöhnlich für einen … Sprachwissenschaftler?«
Pierre-Peters Mutter schüttelt den Kopf. »Wieso? Sie wollten eine neue, eine bessere Gesellschaft. Gemeinsam leben und arbeiten, niemanden ausbeuten. Ein ehrliches, natürliches Leben. Nicht unsere Fehler nachmachen. Sie wollten etwas ausprobieren. So etwas geht immer nur in Zeiten, in denen man keine wirtschaftlichen Sorgen hat. Ich glaube, in Deutschland war es das erste Mal, dass eine ganze Generation Jugendlicher sich den Luxus erlauben konnte, Freud und Reich und Marx und Engels gegen die eigenen Eltern zu setzen.«
Thomas ist ganz still. Er hat Mignon wirklich nicht sehr gut gekannt. Sie kann ihn gar nicht geliebt haben. All diese Geschichten hat sie ihm nicht erzählt, das spüre ich genau. Na ja, das ist jetzt ungerecht. Mir hat sie auch nicht viel erzählt, ich kenne gerade mal die Geschichte vom Legionär, dessen Name wie Seife klingt. Was weiß ich sonst von meiner besten Freundin?
Ich werfe wieder einen Blick auf die seltsamen Gnome aus Ton, die so gar nicht in dieses heimelige Fachwerkhaus passen wollen.
»Okay«, sage ich. »Und warum ging Peter … ging Pierre nun in die Fremdenlegion?«

Wenn ich gehofft habe, Pierre-Peters Mutter mit meiner Frage zu irritieren, so habe ich mich getäuscht.
»Es war ein Spiegelbild«, sagt sie leichthin.
»Ein was, bitte?«
Sie lächelt.
»Mignon hatte keine Eltern. Sie wusste nicht, wo sie herkam.«
»Wie geht denn das? Ich denke, sie stammt aus einem dieser kleinen Dörfer in den Bergen über dem Tarn ...«
»Sie war ein Adoptivkind. Sie wusste nicht, wer ihre leiblichen Eltern waren.«
»Das ist ja schrecklich«, sagt Thomas.
»In Frankreich gibt es die anonyme Adoption häufig. Wer sein Kind zur anonymen Adoption freigibt, ist für immer geschützt. Sein Name wird nie verraten. Man bezeichnet die anonym Adoptierten auch als Menschen, die unter dem X geboren sind. In ihrem Geburtsschein steht da, wo bei anderen der Name der Mutter steht, ein X. Mignon hat sehr darunter gelitten. Sie wollte immer wissen, wer ihre richtigen Eltern sind. Sie haben versucht, sie ausfindig zu machen, Pierre und Mignon. Aber sie haben sie nie gefunden.«
»Und die Behörden ... dürfen gar nichts sagen?«
»Nein.«
»Das ist ja grausam!«
»Mignon hatte keine Vergangenheit«, fährt unsere Gastgeberin fort. »Sie kam aus dem Nichts. Jedenfalls hat sie das so empfunden. Deshalb wollte Pierre ins Nichts gehen. Daher die Fremdenlegion. So wie Mignon einfach aufgetaucht war, so wollte er einfach abtauchen. Ein Ende nehmen, das zu ihrem Anfang passte.«
»Und das ist das Spiegelbild? Aber warum das Ganze?«
»Mignon hatte sich in einen anderen verliebt«, sagt Eleonore knapp. »In einen angehenden Arzt. Pierre konnte damit nicht umgehen.«

Ich blicke zum Fenster, betrachte die roten Hagebutten vor den kleinen Scheiben. Was hatte Mignon mir da erzählt? Sie habe geglaubt, schwanger zu sein, hatte sie gesagt, und Pierre sei in die Fremdenlegion gegangen, weil er kein Kind wollte. Von einem Arzt, in den sie sich verliebt hatte, war keine Rede gewesen. Ob sie vielleicht tatsächlich schwanger gewesen war? Ob der angehende junge Arzt ihr geholfen hatte?

Thomas hockt ganz still da, Schultern und Rücken zum Buckel zusammengezogen. Pierre-Peters Mutter sitzt aufrecht auf ihrem Stuhl, ihre Hände ruhen entspannt in ihrem Schoß. Ich suche ihren Blick. Normalerweise muss ich Menschen nur anschauen, damit sie weiter reden. Aber sie schaut auf die Wand hinter mir, ihr Blick geht knapp an meinem vorbei.

»Und ... Sie haben doch Kontakt zu Ihrem Sohn? Bis wann hatten Sie Kontakt zu Mignon?«

»Bis wann zuletzt?«, fällt Thomas ein.

Unsere Gastgeberin lächelt stumm.

»Es hat etwas Unwirkliches, mit Verschwundenen zu kommunizieren«, sagt sie und erhebt sich mit einer fließenden Bewegung. »Sie fahren sicher heute noch zurück.«

»Müssen wir«, bestätige ich. Sie ist uns ausgewichen.

»Wann zuletzt?«, wiederhole ich Thomas' Frage.

»Ich weiß nicht mehr als Sie oder die Polizei. Glauben Sie mir. Sonst würde ich es Ihnen sagen.«

Sie geht voran, zur Tür. Wir sollen heimfahren.

Einen Moment lang stehen wir unschlüssig im Flur. Eleonore schenkt mir zum Abschied ein vergeistigtes Lächeln. Mich packt eine hilflose Wut. Ich bin davon überzeugt, dass sie uns nicht alles gesagt hat, was sie weiß. Aber ich kann es schlecht aus ihr herausprügeln. Dann kommt ganz unerwartet meine Chance. Eleonore entdeckt ein Blatt auf ihren Flurkacheln, ein Eichenblatt, der Wind muss es mit uns ins Haus geblasen haben. Sie bückt sich und hebt es auf. Es ist eine unendlich langsame, kontrollierte Bewegung, die gleichermaßen an Tänzer wie an Rheumakranke erinnert. Noch ehe Eleonore wieder hochgekommen ist und mich anschauen kann, das verwehte Blatt in der Hand, habe ich blitzschnell in den kleinen Korb mit den Briefen gegriffen, der auf dem Treppenabsatz steht, und den erhaschten Inhalt in meiner Manteltasche verschwinden lassen. Eleonore kommt hoch, betrachtet das Blatt in ihrer Hand, streicht zärtlich darüber und nickt uns zum Abschied zu. Wir nicken wortlos zurück. Ich umfasse vorsichtig den papierenen Inhalt meiner Manteltasche, wobei ich darauf achte, kein Geräusch zu machen.

Es dämmert schon, als wir in unser Auto steigen. Die kleine Kapelle inmitten der Straße ist jetzt beleuchtet. Der Weg zur Autobahn hinauf durch den Wald ist dunkel. Nebel hängt in den Bäumen. Siebengebirge. Es sind nicht die sieben Berge, hinter denen die sieben Zwerge wohnen. Schon gar nicht die sieben Greise. Es ist das Regengebirge. Sieben kommt hier von *siefen* – und das bedeutet regnen.

Wir sagen gar nichts, die ersten Kilometer. Thomas starrt auf die Straße. Er nagt an dem, was Pierre-Peters Mutter uns erzählt hat, es arbeitet in ihm. Er sortiert die Puzzlestücke zu der Geschichte einer Frau – seiner Frau –, die ihm fremd war. Einer Frau, die sich selbst fremd war und ihre Vergangenheit suchte.

Ich bin verärgert und seltsam traurig. Ich würde mich zu gerne mit Thomas unterhalten, meine Gedanken über diesen Nachmittag mit ihm teilen. Aber er will nicht mit mir reden. Er denkt lieber an Mignon.

Hat er gesehen, wie ich die Briefe gestohlen habe? Auch da-

zu sagt er nichts. Er freut sich nicht mit mir über meine kleine List. Zur Strafe werde ich die Briefe jetzt nicht hervorholen und ihm vorlesen. Dazu ist es eh viel zu dunkel. Ich werde sie ihm überhaupt nie vorlesen, er kriegt sie nie gezeigt.
»Glaubst du den ganzen Mist, den die Tante uns erzählt hat?«, frage ich barsch.
»Scht«, macht Thomas, als denke er gerade an etwas sehr Schönes und wolle nicht gestört werden.
»Tss«, mache ich meinerseits. Ein toller Dialog.
»Die weiß genau, wo ihr Junge steckt«, setze ich nach. »Die hat ihn noch letzte Woche in Frankreich besucht und mit ihm *Café au Lait* getrunken und *Brioche* gegessen!«, dränge ich mich in Thomas' stille Gedanken. »So ist es doch! Bei dem Verständnis, das sie für ihren Sohn hegt. Vermutlich hat sie ihm geholfen, Mignon zu verschleppen. Weiß der Himmel, was Mutter und Sohn sich da für Spiegelbild-Geschichten ausgedacht haben!«
»Ach, mein Gott«, sagt Thomas. Sonst nichts. Und wir fallen wieder in unser Schweigen.

Besuch

Liebe Frau Senta!
In letzter Zeit hat sich unsere Tochter Janina, vierzehn, sehr zu ihrem Nachteil verändert. Sie zieht sich immer öfter allein in ihr Zimmer zurück. Mit meinem Mann und mir spricht sie wenig. Früher hat sie mir immer alles erzählt! Vor ein paar Tagen habe ich Zigarettenstummel auf ihrer Fensterbank gefunden. Wo kommen die her? Ob sie einen Freund hat?
Ihre Belinda Z. aus M.

Liebe Frau Z.!
Machen Sie sich keine Sorgen! Mit vierzehn wollen junge Menschen ihre Privatsphäre haben. Sie sollten das respektieren. Bedrängen Sie Ihr Kind nicht unnötig! Erinnern Sie sich noch an Ihre eigene Jugend? Versuchen Sie, Verständnis für Ihre Tochter aufzubringen. Allerdings: Wenn Sie wieder Zigarettenkippen finden, sollten Sie Janina offen darauf ansprechen. Rauchen schadet der Gesundheit. Hier ist vor allem gegenüber Jugendlichen Verantwortungsbewusstsein gefordert!
Ihre Frau Senta

Liebe Frau Senta!
Ich schreibe Ihnen, um Ihnen eine Entdeckung mitzuteilen. In Amerika haben ein paar Außerirdische fünf Menschen entführt. Sie sind von maskierten Wesen verschleppt worden und nie wieder aufgetaucht. Die Leute, die auf die Außerirdischen warten, glauben, dass die Vermissten von einem Ufo mitgenommen worden sind. Mein Vater sagt, das sei alles großer Unsinn, ich hätte zu viel Stephen King gesehen. Genauso gut hätte jemand die Vermissten in Salzsäure auflösen und durch den Abfluss spülen können. Aber ich glaube das nicht. So viel Salzsäure gibt es gar nicht.
Warum haben die Außerirdischen mich nicht mitgenommen?
Ihr Steffen

Mit meiner Arbeit komme ich nicht gut voran. Mühsam quäle ich mich durch meine Briefe. Ich schaue öfter aus dem Fenster als auf den Monitor meines Computers. Gedankenverloren schiebe ich die Maus über meinen Schreibtisch. Hin. Und her. Ich denke an Mignon. An Pierre-Peter. Und vor allem denke ich an Thomas.

Die Briefe, die ich bei Eleonore gestohlen habe, waren nicht mehr in meiner Manteltasche, als ich sie spätabends herausziehen und lesen wollte. Wie viele mögen es gewesen sein? Hat Thomas sie an sich genommen? An der Tankstelle, als wir kurz angehalten haben, habe ich da meinen Mantel angezogen? Falls ich ihn im Auto gelassen habe, hat Thomas ihn in der Zwischenzeit leicht durchsuchen können. Vielleicht habe ich die Briefe aber auch verloren, im Waschraum, zwischen lauter fremden Reisenden. Vielleicht hatte ich den Mantel doch bei mir, als ich in das Toilettenhäuschen gegangen bin. Ich kann mich nicht erinnern.

Ich habe mir in der Mittagspause ein Buch gekauft, ein Buch über die Fremdenlegion. Wenn ich es aufschlage, schauen mich verwitterte alte Männer an. Und tapfere junge Krieger. Tollkühn kämpfen sie sich durch den Dschungel, gleiten auf Panzern durch staubige Wüsten, schweben in Helikoptern über ewiges Eis. Vernarbt, sonnenverbrannt, der ganze Körper ein einziger Muskel. Die letzten realen Abenteurer, denke ich. Die wahre Welt des Mannes.

Was Thomas jetzt wohl macht? Ob er wieder am Rheinufer sitzt und Steine ins Wasser schnippt? Ich weiß, dass er das gelegentlich tut, er hat es mir selbst erzählt. Unterhalb der Mainzer Uferstraße hockt er auf den harten Wellenbrechern und starrt stundenlang ins Wasser. Da ist er allein, hat er gesagt, da kann er gut nachdenken.

Ob er an Mignon denkt?

Mignon! Die Kommissarin hat ihren Schreibtisch ausräumen lassen, als ich mit Thomas in Bad Honnef war. Ich weiß es von Frau Doktor. Ob Dorte Jürgens aus all den Papieren, die Mignon da angehäuft hat, eher schlau wird als ich? Ein gespenstischer Wettlauf hat sich eingeschlichen zwischen der Kommissarin und mir. Die Frage ist nur, ob das der Wahrheitsfindung dient oder ob das zu unserem Vergnügen geschieht – und was Mignon davon hat.

Kneipengespräch

»Thomas?«

»Ja?«

Ich habe mir vorgenommen, ihn zu fragen, ob er die Briefe hat. Die Briefe an Eleonore Seifert, die ich gestohlen habe. Aber vielleicht habe ich sie selbst verloren, aus Versehen aus der Tasche gezogen, als ich nach Kleingeld für die Klofrau suchte. Was, wenn er gar nichts von den Briefen weiß, wenn er nicht einmal gesehen hat, dass ich sie habe mitgehen lassen? Ich schäme mich. Vielleicht mag er keine Frauen, die stehlen?

»Wir müssen nach Frankreich fahren!«, sage ich bestimmt. Irritiert schaut der Mann meiner besten Freundin von seinem Weinglas auf. »Jaa, aber wieso ... Ich meine ...«

Ich nicke heftig. »Das Hauptquartier der Legion ist in Aubagne. Das Quartier Viénot. Das ist bei Marseille. Da finden wir vielleicht Informationen über Mignons Exfreund. Und auf dem Rückweg fahren wir durch die Cevennen und schauen nach Mignons Familie, Onkel, Tanten, du weißt schon.«

Thomas starrt mich entgeistert an. Wir hocken im *Kirschgarten*, einem gemütlichen Lokal in der Mainzer Innenstadt.

»Marlene, ich muss dir etwas sagen«, beginnt Thomas.

Ich schüttele energisch den Kopf. »Ich habe ein Buch über die Legion gelesen, ich habe den ganzen Tag darüber nachgedacht«, sage ich.

»Im Büro?«, will Thomas wissen.
»Wo denn sonst?«
»Senta, ich meine, Marlene, hör mir mal zu ...«
»Ich weiß schon, was du sagen willst. Dass das Sache der Polizei ist und dass wir uns da raushalten sollten. Und dass die Kommissarin es schon richten wird. Aber ich bin anderer Meinung. Lass die Kommissarin ruhig über Interpol nach Mignons Exfreund suchen. Ich wette, wir finden ihn vor ihr, wenn wir nach Aubagne fahren ...«
»Marlene ...«
»Wir sind in Bad Honnef ganz schön weit gekommen, die Geschichte mit Mignons großer Liebe und dem Spiegelbild ...«
»Marlene, bitte!«
»Entschuldige, ich wollte dich nicht verletzen!«
»Hm, schon gut.«
»Wer, glaubst du, steckt hinter der ganzen Sache? Dieser Pierre-Peter hat vielleicht zufällig erfahren, dass Mignon dich geheiratet hat«, spinne ich den Faden weiter.
Thomas legt skeptisch die Stirn in Falten.
»Lass es uns einfach mal durchspielen!«, beharre ich. »Unser Legionär kocht vor Wut und Eifersucht, weil Mignon jetzt ein schönes Leben hat und er damals ihretwegen in die Legion gegangen ist. Er denkt, er ist zu kurz gekommen, er fühlt sich benachteiligt, er will sich rächen und ...« Entsetzt halte ich inne, die Hand vor dem Mund.
»Nach all den Jahren?«, lacht Thomas. »Was ist los mit dir?«
»O mein Gott!«, bringe ich hervor, »du bist auch in Gefahr!«
»Wieso *ich* und wieso *auch*?«
»Na ja«, sage ich kleinlaut, »ich weiß nicht recht. Du bist in Gefahr, weil er vielleicht eifersüchtig auf dich ist, weil er lieber deinen Platz im Leben hätte – an Mignons Seite.

Er könnte durchaus auch auf dich wütend sein. Und ich …«

»Ja?«

»Immerhin hat Mignon meinen Mantel getragen, als sie entführt wurde, und es könnte ja auch jemand gewesen sein, der sich über meine Antwort auf seinen Leserbrief geärgert hat.«

»Und das sagst du mir jetzt? Was schreibt ihr Mädels euch da eigentlich für ein Zeug zusammen? Das ist ja fürchterlich! Hast du denn noch nicht überprüft, was du da so alles …?«

Ich schüttele betrübt den Kopf. »Ich hab's versucht. Aber es war zu viel. Ich weiß ja auch gar nicht, wo ich ansetzen soll. Worauf ich achten muss. Vielleicht habe ich jemandem geraten, er soll zehn Kilo abnehmen, und es war ein verfressener Psychopath …«

»Okay, jedenfalls müssen wir demnach nicht nach Frankreich!« Thomas lehnt sich entspannt zurück.

»Aber wieso denn?« Ich bin enttäuscht. Ich hatte mich schon richtig gefreut! Der Ausflug mit Thomas nach Bad Honnef hat mir Freude gemacht. Ein Kurzurlaub mit ihm in Frankreich wäre sicherlich noch um einiges schöner.

»Weil wir jetzt erst einmal klären müssen, ob einer eurer Leser einen Grund gehabt haben könnte, eine von euch zu entführen. Vielleicht will er ja auch nur eine Gegendarstellung erpressen!«

»Eine Gegendarstellung? Aber dann hätte er sich doch inzwischen gemeldet!«

Thomas seufzt.

Ich seufze auch.

»Na ja«, meint Thomas schließlich. »Vielleicht haben wir es ja tatsächlich mit einem Psychopathen zu tun. Was meint denn deine Kommissarin dazu?«

»Och«, mache ich vage.

»Ja?« Thomas schaut mich besorgt an. Ich mag das. Sein Blick kriecht dabei ganz tief in meine Augen.

»Die Kommissarin hat Mignons *Lebensbeichten* mitgenommen«, gestehe ich. »Alle.«

Thomas lächelt fein. »Na also. Dann ist doch alles bestens.«

Ich finde das nicht. Eigentlich wollte ich meine Recherche nicht so schnell aus der Hand geben.

»Thomas?«

»Ja?«

»Du wolltest mir noch etwas sagen!«

»Ja, richtig.« Thomas hüstelt dezent, rückt näher zu mir heran. Er riecht gut. Nicht zu süß, nicht nach Moschus, Sattel und Pfeife. Eher nach freier Natur.

»Ich war heute Nachmittag in Frankfurt«, sagt Thomas knapp.

»Ja – und?«

»Ich wollte meinen Adoptivsohn treffen. Eigentlich wollten wir gemeinsam in den Zoo. Er mag den Zoo so gerne und ...«

»Deinen waaas?«

»Er ist nicht wirklich mein Adoptivsohn, nur virtuell.«

»Wie bitte?«

»Warte, lass mich erzählen!«, bittet Thomas.

»Nur zu!«, ermutige ich ihn.

»Also ... Ich habe da vor Jahren eine Frau kennen gelernt, die wurde von ihrem Mann geschlagen. Die ist dann in ein Frauenhaus, aber sowie sie wieder zu Hause war, lungerte der Mann betrunken vor der Tür und hat ihr aufgelauert. Das Gericht hatte ihm verboten, näher als fünfzig Meter an ihr Haus heranzukommen, aber das hat den Mann nicht interessiert. Jedenfalls habe ich mich damals um die Frau gekümmert, hab aufgepasst, dass der Mann ihr nichts tat.«

»Was hat das alles mit deinem Adoptivsohn zu tun?«, frage ich ungeduldig.
Thomas seufzt. »Die Frau hatte einen Sohn, der hat mächtig unter der Situation gelitten. Na ja, wir haben uns ein bisschen angefreundet, der Willy und ich, haben viel geredet, damals. Ich habe ihn in den Schulferien mal zum Paddeln mitgenommen. Wir sind das Altmühltal runter mit einem Kanadier, haben am Ufer in einem Zelt übernachtet. So Lagerfeuerromantik eben.«
»Aha. Der väterliche Freund!« Ich klinge zynisch, aber eigentlich will ich das gar nicht. Und Thomas hat das auch nicht verdient. Es ist nett, dass er sich um den Jungen gekümmert hat. Ich kann mir die beiden richtig vorstellen, im Kahn auf dem Fluss.
»Ja, irgendwie schon. Sein Vater war ja so ein ... Jedenfalls hatten wir ein paar Jahre keinen Kontakt mehr. Und gestern wollte er mit mir in den Zoo. Ich sollte ihn in Frankfurt am Bahnhof abholen.«
»Und weiter?«
»In der S-Bahn habe ich Nelly getroffen«, sagt Thomas leise, »sie wollte in Frankfurt shoppen gehen, Jeans kaufen im *New Yorker*.«
»Komm bitte zur Sache«, mahne ich.
»Im Frankfurter Bahnhof hat mich Willy abgeholt. Ich hab ihm Nelly vorgestellt, die stieg ja mit mir aus der S-Bahn aus. Und, na ja, was soll ich sagen ...«
»Am besten die Wahrheit!«
»Wir haben eine Weile dagestanden und geredet und gelacht, der Willy, die Nelly und ich. Und es endete damit, dass Nelly und Willy in den Zoo gingen und ich im Bahnhof blieb.«
»Aber wieso?«
»Ich wollte mir noch ein paar Zeitschriften kaufen, die haben die da im Bahnhofskiosk.«

»*Penthouse* oder *Hustler*?«
»Nein, nicht direkt. Eher eine Fotozeitschrift.«
»Und wo liegt nun das Problem?«
»Ich hatte Willy so lange nicht gesehen, und er sah auf einmal ... so anders aus.«
»Wie ein Fixer?«
»Wer? Willy?« Thomas blickt an die verräucherte Kneipendecke und überlegt. Der Ober schwebt an unseren Tisch.
»Darf's noch was sein?«
Ich wedele ihn weg wie eine lästige Fliege.
»Nun sag schon«, ermuntere ich Thomas.
»Na ja, er trug so eine Cordhose mit Schlag, schwarz, einen schwarzen Wollpulli und eine schwarze Weste.«
»Schuhe? Frisur?«
»Er hatte so seltsame genagelte Schuhe.«
»Springerstiefel?«
»Nein, aber so etwas Ähnliches.« Thomas macht eine gedankenschwere Pause.
»Nun mach es nicht so spannend!«, beschwere ich mich.
»Er trug einen Hammer bei sich. Ein Riesenteil.«
»Ja?«
»Und er hatte ein Glatze.«
Thomas nickt bedächtig. Vor Schreck stoße ich an mein Weinglas. Thomas fängt es gerade noch auf, bevor sich sein blutroter Inhalt über die frisch gestärkte Tischdecke ergießt.
Einen Moment lang sagen wir beide nichts. Dann habe ich mich gefangen.
»Also, da müssen wir uns keine Sorgen machen. Mit so einem fängt Nelly schon nichts an. Nelly doch nicht!«
Thomas zieht eine Braue hoch. Übersetzt heißt das: Was weiß eine Mutter schon, was ihr Kind so anstellt. Dabei ist Nelly gar nicht mein Kind.

»Ich dachte, du solltest das wissen.« Thomas klingt ehrlich besorgt. »Ich meine, du bist doch sicher davon ausgegangen, dass Nelly nach der Schule zu dir nach Hause geht und artig Hausaufgaben macht, oder? Stattdessen fährt sie nach Frankfurt shoppen! Du solltest dich intensiver um sie kümmern, wenn sie schon bei dir wohnt!«
»Tja«, beende ich das Gespräch.
Ich finde, Nelly geht Thomas gar nichts an. Höchstens Margret. Und die werde ich bestimmt nicht mit Geschichten über eine schwarze Glatze beunruhigen.

Thomas bringt mich noch zu meinem Wagen. Ich habe ihn am Rheinufer geparkt. Der Spaziergang durch die kühle Novemberluft tut gut. Auf dem Rhein schwimmen Nebelschwaden. Thomas gibt mir einen leichten Kuss auf die Wange, als ich die Autotür aufschließe. Ich möchte ihn zu gerne umarmen, wage es aber nicht.
Unterwegs, im Auto, friere ich. Ich lege meine Hand auf die Stelle, an der Thomas' Lippen mein Gesicht berührt haben. Mir geht's nicht gut.
Auf der Schiersteiner Brücke rufe ich mich zur Ordnung. Meine beste Freundin wird irgendwo gefangen gehalten. Und Thomas ist ihr Mann. Mit Thomas darf mich im Moment nur eins verbinden: der Wunsch, Mignon so schnell wie möglich zu finden.
Wie weit sind wir inzwischen mit unseren Recherchen gekommen? Ich löse eine Hand vom Lenkrad und zähle die Möglichkeiten an den Fingern ab. Jemand hat sich an Mignon wegen einer *Lebensbeichte* gerächt. Jemand hat Mignon wegen meines Lackmantels für mich gehalten, er wollte sich an mir wegen einer Antwort auf eine Leserzuschrift rächen. Mignons Ex hat sich an ihr gerächt, weil er ihretwegen in die Legion gegangen ist.

Zu Hause empfängt mich eine winselnde Knoblauchfleischwurst. Der arme Hund schlängelt um mich herum, springt an mir hoch, wedelt und jault. Er muss raus. Nelly hat ihn allem Anschein nach noch nicht Gassi geführt. Im Galopp rennen wir die Treppe hinab, Waldi lässt sich dabei in einem rhythmischen Plop-Plop von Stufe zu Stufe plumpsen. Ich reiße die Haustür auf, die Knoblauchfleischwurst zwängt sich hinaus und hebt noch im Vorgarten an Frau Schwartes Hortensien das Bein.

»Komm wieder rein, Waldi!«, flöte ich. »Wenn die Schwarte uns sieht, sind wir geliefert!«

Die Schwarte wohnt Parterre, sie hat ihren Küchentisch so vor dem Fenster stehen, dass sie sogar beim Essen immer gucken kann, was draußen vor sich geht. Was für andere der Fernseher, ist für die Schwarte das Fenster zur Straße. Das Programm wird geguckt, egal, was kommt. Die Schwarte liebt ihre Hortensien über alles, sie hält Kanarienvögel, deren Käfige sie manchmal auf den Küchentisch stellt, vermutlich, damit die Tiere auch mal was vom Vorgarten sehen, und sie hasst Hunde.

»Waldi!!«

Waldi ignoriert mich. Männliche Wesen pflegen nun mal ihr Revier zu markieren. Und Waldi hat sich noch etwas aufgehoben, um dies zu tun. Nun erwartet er von mir, dass wir unseren üblichen Spaziergang machen, damit er an jedem zweiten Baum seinen Marker setzen kann – nicht ohne vorher ›die Zeitung zu lesen‹, also genauestens zu erschnüffeln, welcher Rivale vor ihm da war.

»Waldi! Das machen wir später!«, verspreche ich.

Waldi schüttelt den Kopf, schlappt mit den Ohren, hopst auf den Vorderpfoten auf und ab und wedelt mit dem Schwanz.

»Waldi! Mir ist kalt.«

Ich habe in der Eile keinen Mantel übergezogen.

»Waldi, ich kriege Eisbeine!«
Waldi leckt sich die Schnauze. Vermutlich assoziiert er Eisbein mit Kartoffelpüree. Entschlossen greife ich mein Dackelvieh um seine kompakte Mitte und schleppe es die Treppen wieder hoch. Waldi gibt einen unbestimmten Quieker von sich.
»Jaaa«, murmele ich beruhigend, »wir gehen schon noch Gassi, meine Krabbelkrabbe!«
Waldis Vorbesitzerin war überhaupt nicht mehr in der Lage gewesen, mit Waldi auszugehen. Die arme Frau hatte Arthrose. Sie lebte allein, das heißt, sie hatte nur Waldi. Und das im fünften Stock. Waldi musste sich selbst bis vor die Haustür schaffen. Dann hat er unten gestanden und gejault, bis einer der Nachbarn ihn wieder hochschleppte. Eine umständliche Prozedur. Mit der Zeit waren die Nachbarn das alles leid geworden, Waldis Klo im Vorgarten, Waldis Gejaule und Waldis Transporte in den fünften Stock. Und sein Frauchen hatte mir einen Brief geschrieben: *Liebe Frau Senta! Ich habe eine Knoblauchfleischwurst* ... Nein, das stimmt natürlich nicht. Den Spitznamen hatte Waldi damals ja noch gar nicht. Den hat ihm erst Mignon verpasst.

Vor meiner Wohnung angekommen, setze ich Waldi ab. Noch zwei, drei Wochen Diät, und er wird die Treppe allein hochlaufen, da bin ich mir sicher.
»Gell, Waldi?«, brumme ich und suche Waldis treuen Blick. Doch noch während ich mir die Schuhe ausziehe, ist Waldi in meinem Schlafzimmer verschwunden.
»Waldi?« Das tut mein Hund doch sonst nicht! Normalerweise sind jetzt die Nachrichten angesagt, das heißt gemütliches Puschenkino in trauter Zweisamkeit auf dem Sofa. Das kennt Waldi noch von seinem früheren Frauchen. Verärgert laufe ich meinem Hund hinterher. Waldi schnüffelt

einer Spur nach, die geradewegs auf mein Bett zu führen scheint. Ich bleibe stehen und ziehe die Stirn kraus.
Wen riecht mein Hund da? Nelly? Die kennt er doch! Etwa Nelly und ... die schwarze Glatze?
Ich atme schwer.
»Waldi??«
Waldi ist unter das Bett gekrochen. Hoffentlich kriege ich ihn da jemals wieder raus! »Waldi!!«
Ich tauche ebenfalls unter mein Bett, taste mit ausgestreckten Armen nach der armen Knoblauchfleischwurst, rudere blind unter den Sprungfedern herum, erwische Wollmäuse und Spinnweben. Mein Gott, wann habe ich hier zuletzt geputzt? Das muss Lichtjahre her sein. Was bin ich für eine Schlampe.
Dann höre ich Waldi quieken. Verzweifelt erkämpfe ich mir den Rückzug.
Waldi ist auf der andern Seite des Bettes wieder zum Vorschein gekommen.
»Waldi, verdammt.«
Die arme Knoblauchfleischwurst schenkt mir ihren traurigen Dackelblick. Sie hat etwas im Maul, das sie jetzt fallen lässt. Etwas Rotes. Ich erstarre. Waldi hat unter meinem Bett einen Damenschuh gefunden. Einen roten Pumps.

Vernehmung

Es dauert eine Ewigkeit, bis wir Nellys Schlüssel im Schloss hören. Wir sitzen auf dem Sofa wie zwei Salzsäulen, mein Hund und ich. Die Nachrichten sind längst vorbei. Der Krimi, der im Anschluss gesendet wurde, war langweilig. Mich interessierte nicht, wer der Mörder war. Ich wollte

wissen, wem der rote Pumps gehörte und was er unter meinem Bett verloren hatte.
Das Corpus Delicti hat uns den ganzen Abend beschäftigt, nicht nur mental, auch physisch. Mal lag der rote Pumps zwischen uns, mal auf meinem Schoß, mal in meiner Hand. Waldi hat ihn anfangs heftig beschnüffelt, sich dann aber resigniert von ihm abgewandt. Sein Geruch scheint uns nicht weiterzubringen. Waldi fällt nichts dazu ein.
Als ich Nellys Schlüssel im Schloss höre, verstecke ich den Pumps schnell hinter meinem Rücken. Ich will meine Vernehmung langsam angehen, langsam und gemächlich werde ich Nelly die Daumenschrauben enger ziehen. Sachte, sachte. Nelly schlurft näher.
»Wo kommst du her?«, brülle ich los.
»Ich war weg!«, meint Nelly seelenruhig.
»Das habe ich bemerkt.« Ich klinge patzig.
»Tja, ist das hier ein Gefängnis?«
»Wieso?« Ich sitze in der Falle.
»Ich sehe keine Gitter!«, sagt Nelly süß und freundlich.
»Nelly ...« Ich hab's versaut. Zumindest den Einstieg habe ich vermasselt. Merke: Bei einer Vernehmung darf man sich nie auf Gegenfragen einlassen. Aber ich habe ja noch einen Trumpf im Ärmel, vielmehr einen Schuh im Rücken.
»Und was ist das?« Triumphierend halte ich den Pumps vor ihr Gesicht. Nelly weicht zurück, aber nur ein ganz kleines bisschen. Es ist eher so, als ziehe sie den Kopf zurück, um besser sehen zu können.
»Wo hast du den her?«, strahlt Nelly. »Den habe ich schon gesucht!«
»Unter meinem Bett!«, sage ich scharf. »Er lag unter meinem Bett. Was hast du mit diesem Schuh in meinem Schlafzimmer gemacht?«
»Ich habe Sekt daraus getrunken, mit meinem Freund!«
»Unter meinem Bett?« Ich bin entsetzt.

Nelly fängt an zu kichern. »Mannomann, du glaubst einem aber auch alles!« Sie schlägt sich auf die Schenkel und gluckst.
Ich sammele mich und fange noch einmal von vorn an: »Woher hast du den Schuh?«
»Von Margret!« Nelly lacht noch immer. »Sie hat sie sich zu groß gekauft. Mir passen sie. Aber ich finde sie eigentlich zu ... Sie sind mehr was für Gruftis, findest du nicht? Ich habe sie im Schlafzimmer vor deinem Spiegel ausprobiert.«
»Nelly ...«
»Ich muss jetzt schlafen, Tante Senta! Morgen früh, die Schule ... Wir schreiben eine Deutscharbeit. Es wäre lieb, wenn du mir schnell das Sofa fertig machst, okay?«
»Ja, hast du denn auch gelernt für Deutsch?«
»Ach, ist nur ein Aufsatz. Da fällt mir schon was ein.«
Das glaube ich aufs Wort.
Wie in Trance stehe ich auf, hebe Waldi vom Sofa, hole Nellys Bettzeug und breite es aus. Nelly gurgelt im Bad lautstark mit meinem Mundwasser. Sekunden später erscheint sie in Slip und T-Shirt, nach meinem Parfüm duftend, und hopst in ihr Nachtlager.
»Schlaf gut, Tante Senta! Und weck mich pünktlich!«
Ich nicke gehorsam, ziehe die Tür leise zu.
Erst in der Küche fällt mir ein, dass ich ganz vergessen habe, Nelly nach dieser Glatze zu fragen.

Papierberge

Liebe Frau Senta!
Ich sorge mich um meine beste Freundin! Seit sie frisch verliebt ist, hat sie sich total verändert. Früher war sie eine

richtige Wuchtbrumme, hatte lockere Sprüche drauf und kleidete sich fetzig. Jetzt hat sie sich schlank gehungert, trägt nur noch modisch-elegante Sachen und benimmt sich vornehm. Ihren Mainzer Dialekt hat sie abgelegt. Ihre Haare färbt sie nicht mehr blond, sie betont vielmehr ihre brünette Naturfarbe. Als ich sie darauf ansprach, sagte sie nur: »Wir haben umgefärbt.« Wir! Ich hatte den Eindruck, dass ihr Freund dieselbe Tönung benutzt! Was kann ich nur tun, um ihr zu helfen?
Ihre Sandra B. aus Hechtsheim

Liebe Sandra!
Sie müssen Ihrer Freundin gegenüber nachsichtig sein. Wenn zwei Menschen sich verlieben …

»Hallo Senta!«
»… sich verlieben …«, murmele ich halblaut.
»Senta?« Frau Doktor steht vor mir.
»Hallo! Guten Morgen. Was ist denn das?«
Frau Doktor hat einen Berg Papier im Arm. »Das sind die Unterlagen von Mignon. Die Polizei hat sie freigegeben.«
»Ooh!«
»Tja.« Entschlossen drapiert Frau Doktor den Berg auf Mignons Schreibtisch. »Ob Sie das nachher wieder einräumen können?«
»Selbstverständlich!«, beeile ich mich zu sagen. Beim Einräumen kann ich den Aktenberg in aller Ruhe sichten, ohne groß aufzufallen. »Gibt es denn irgendetwas Neues?«
»Sie haben Mignons ersten Mann gefunden.«
»Ihren Exfreund? Den Legionär?«
»Er ist tot.« Frau Doktor schüttelt betrübt den Kopf.
»Ja, aber …«
»Näheres weiß ich auch nicht. Die Kommissarin war kurz angebunden.«

»Aha.«
»Und Senta … Entschuldigen Sie bitte, ich weiß selbst, es passt nicht hierher, es ist alles so grausam. Aber wissen Sie, was noch passiert ist?«
»Nein!«
»Sie will mich verlassen.«
»Wer denn?«
»Meine Putzfrau! Sie will eine Fortbildung machen, als Floristin. Sie meint, da habe sie weniger mit Schmutz zu tun. Ich weiß nicht. Werden denn überhaupt Floristinnen auf dem Arbeitsmarkt gesucht? Die Leute haben doch alle kein Geld! Wann kauft schon jemand Blumen?«
»Am Valentinstag!«, tröste ich meine Chefin.
»Das war die Einzige, die auch die Fußleisten gemacht hat. Die Einzige, der ich nicht immer sagen musste, was sie zu tun hatte. Die Einzige, die auch die Mülleimer mal ausgeleert hat!«
»Das tut mir Leid!«
»Den ganzen Tag plage ich mich hier in der Redaktion mit der Zeitung herum. Da will ich, wenn ich nach Hause komme, saubere Fußleisten haben!«
»Liebe Frau Doktor! Das ist ein verständlicher Wunsch …«
Frau Doktor hat sich während des Gesprächs auf Mignons Stuhl gesetzt. Jetzt stützt sie die Ellbogen auf Mignons Schreibtisch und schaut mich unverwandt an.
Worauf wartet sie? Wie werde ich sie wieder los? Ich bin kurz davor, ihr zu sagen, dass ich ab morgen für sie putze und dass ich ihre Fußleisten genauso wenig vergessen werde wie ihre diversen Mülleimer.
Als sie endlich gegangen ist, stürze ich mich auf Mignons Papiere. Welch ein entsetzlicher Wust! Ich finde weitere Seiten eines Berichtes, den ich schon einmal angefangen habe zu lesen, dazwischen liegt ein Brief.

Chérie, mon ange!
Man kann sich so viel Einsamkeit kaum vorstellen. Anfangs habe ich gelegentlich noch an dich gedacht, auch wenn es wehtat. Irgendwann wurden die Gedanken in meinem Kopf laut und überdeutlich, dann nahm ich sie nicht mehr wahr. Wie ein zu hoher Ton, den man hört und hört, bis man beschließt, ihn zu ignorieren, damit Ruhe ist. Mein Körper spielte dasselbe Spiel. Erst spürte ich jeden Knochen, jeden Muskel. Dann war der ganze Körper ein einziger Schmerz. Und dann sah ich nur noch, wenn meine Hände oder meine Füße bluteten, mein eigenes Blut, wie Farbe so fremd. Gespürt habe ich irgendwann nichts mehr, gar nichts mehr. Ich war da, stumm und taub, ich war da und – es gab mich nicht mehr.
Ich war wirklich verschwunden.

B. hat meistens nachts gearbeitet. Ich bin nicht auf die Idee gekommen, seinen Computer einmal anzuwerfen und nachzusehen, was er da schrieb. Ich liebte ihn. Ich vertraute ihm. Ich glaubte an eine wunderbare gemeinsame Zukunft mit B. Später kann man sich nicht mehr vorstellen, dass man so dumm sein konnte. Als wäre der, der man einmal gewesen ist, ein anderer Mensch!
Ich ging artig morgens zur Arbeit, verdiente unser Geld, zahlte unsere Wohnung ab, putzte sie nachmittags, wusch unsere Wäsche, kochte für B., damit er Kraft hatte zum Schreiben.
B. lag meistens bis mittags im Bett. Ermattet von der Nacht. Schwierig sei seine Arbeit, schwierig. Ich verstand nichts davon, ich war blind.

»Ich weiß wirklich nicht, warum ich das für Sie tue!«
Dorte Jürgens geht mit festen Schritten vor mir her, reißt Türen auf, nickt hier, grüßt dort und zückt immer wieder ihren Ausweis. »Vermutlich mag ich Sie einfach.«
Ich folge ihr schweigend.
Endlich stehen wir vor einer Aluminiumwand. Einer Wand, die aus riesigen Schubladen besteht. Dorte Jürgens bückt sich, blickt auf ein Etikett, geht zwei, drei Schritte weiter, nickt und zieht eine der Schubladen auf. Ich halte den Atem an. Ich war noch nie in einem Leichenschauhaus.
»Normalerweise führen wir nur Angehörige hierher«, sagt meine Kommissarin streng.
Die Lade, die Dorte Jürgens herausgezogen hat, schwebt jetzt in Tischhöhe vor mir. Ein weißes Laken und silbriges Metall, mehr kann ich nicht sehen.
»Sind Sie bereit?«, fragt Dorte teilnahmsvoll.
Ich nicke, dann schlägt Dorte das Laken zurück.
Vor mir liegt ein ganz normaler Mann. Tot, natürlich, aber ansonsten nur Durchschnitt. Nicht zu dick und nicht zu dünn. Er sieht aus, als sei er an die sechzig, aber ich weiß, dass er knapp fünfzig ist, so alt wie Mignon. Ein Schatten liegt auf seinem Gesicht, als sei er schlecht rasiert. Barthaare wachsen auch im Tode noch nach. Nein, das ist natürlich nicht wahr. Es sieht nur so aus. In Wahrheit schrumpft lediglich die Gesichtshaut ein wenig und lässt die Barthaare länger wirken.
»Wie haben Sie ihn gefunden?«, will ich wissen.
»Purer Zufall«, flüstert die Kommissarin. »Er hat im Westend gelebt, seit fünf Jahren schon. Dritter Stock, Altbauwohnung. Ein Kind hatte sich in der Nachbarwohnung eingeschlossen, konnte die Tür nicht mehr öffnen und

weinte. Die Mitbewohner wussten nicht, was sie machen sollten. Er hier ...« – sie zeigt mit dem Kinn auf Mignons große Liebe –, »er hat gemeint, er sei in der Legion gewesen und könne das Kind retten. Er ist dann aus dem Fenster geklettert, über die Brüstung zur Nachbarwohnung rüber.«

»Und?«

»Abgestürzt. War nicht mehr im Training. Hatte wohl auch was getrunken.«

Ich bin verwirrt. Ist das der Glanz der Legion?

»Und ... Glauben Sie, er hatte was mit Mignons Verschwinden zu tun?«

»Wohl kaum. Er hat schon fünf Jahre im Westend gewohnt. Wenn er etwas von Ihrer Freundin gewollt hätte, hätte er sich eher gemeldet. Mir scheint, der wusste gar nicht, dass sie auch hier lebt.«

Ich nicke.

»*Affrontant la fièvre et le feu,*
Nous oublions avec nos peines
La mort qui nous oublie si peu
Nous, la Légion«, zitiere ich.

»Amen«, sagt Dorte. »Und was heißt das?«

»Fieber und Feuer ausgesetzt, vergessen wir unter Schmerzen den Tod, der uns so selten vergisst ... *Le Boudin.* Das Marschlied der Legion.«

Dorte schaut mich zweifelnd an.

»Habe ich nachgelesen«, entschuldige ich mich.

Dorte nickt und schiebt die Schublade mit Mignons großer Liebe wieder zu. Rasch und lautlos gleitet der Legionär in die Wand. Die Schublade ist gut geölt.

»Adieu, Pierre-Peter.«

»Adieu.«

Seufzend wenden wir uns von ihm ab.

Erkenntnisse

Ich weiß nicht, was mich dazu gebracht hat, eines Tages doch nachzusehen, was B. in seinem Computer gespeichert hatte. Was ich fand, war ein Haufen Gedichte. Sie klangen alle zu perfekt, als dass er sie selbst geschrieben hätte. Vermutlich tippte er nachts eine Gedichtsammlung ab. Die Wut, die mich überfiel, was schier unbeschreiblich. Zwei Jahre hatte B. Nacht für Nacht »gearbeitet«, in unserem Wohnzimmer, das er zu seinem Arbeitszimmer umfunktioniert hatte. (Zum Arbeiten brauchte er eine inspirierende Atmosphäre. Wir aßen inzwischen in der Küche, Gäste kamen schon lange nicht mehr.) Zwei Jahre hatte ich mich in einer langweiligen Redaktion als Sekretärin durchgeschlagen, damit B. sein Studium beenden konnte. Zwei Jahre hatte ich mit einer wandelnden Lüge gelebt.

Was noch viel schlimmer war: Ich war inzwischen mit B. verheiratet, und selbst wenn ich mich von ihm scheiden ließ, musste ich für ihn aufkommen. Nicht er würde mich ernähren, damit ich Zeit hatte, die Kinder aufzuziehen, die wir gemeinsam in die Welt setzen wollten, nein, ich würde ihn ernähren, seine Faulheit und Lügen belohnen, bis ich tot umfiel.

Als ich B. zur Rede stellte, fing er an, laut zu lachen. Er gab unumwunden zu, dass es nie eine Examensarbeit gegeben hatte. Wieso er mich angelogen hatte, wusste er selbst nicht mehr. Sein Vater und ich, wir hätten ihn da hineingedrängt, er sei ja in unsren Augen ein Nichts gewesen – ohne einen Abschluss. Wir seien schuld …

In meinem Büro habe ich mich auf Mignons Unterlagen gestürzt, bin in den diversen Schichten menschlichen Le-

bens versunken. Ich suche diesen persönlichen Brief an Mignon, *ma chère Mignon*, den deutsch-französischen Brief. Ich habe ihn nicht zu Ende gelesen, damals. Und jetzt finde ich ihn nicht wieder! Wenn ich nur endlich mehr über Mignons Leben weiß ... Dann finde ich das Motiv ihrer Entführer, da bin ich mir sicher.
Ich greife zum Telefon.

»Thomas? Wir müssen nach Frankreich!«, belle ich in den Hörer.
»Jetzt? Es ist Winter!«, kommt es matt vom andern Ende der Leitung.
»Wir müssen Mignons Familie interviewen«, insistiere ich.
»Aber das ist doch nichts Neues!«, beschwert sich Thomas.
»Pierre-Peter kann es nicht gewesen sein«, kläre ich ihn auf.
»Nein?« Thomas klingt enttäuscht.
Ich erzähle ihm knapp, was ich weiß.
»Wir müssen jetzt mehr über Mignons Vergangenheit erfahren«, beschwöre ich ihn. »Du erinnerst dich: Sie ist anonym adoptiert worden!«
»Jaha«, sagt Thomas gequält. Dann sagt er nichts mehr. Es ist vermutlich nicht schön für ihn, so nach und nach zu erfahren, wen er geheiratet hat.
»Na gut«, meint er endlich. »Morgen ist Samstag. Wir fahren gleich morgen früh. Kannst du dir Montag freinehmen?«
Das kann ich nicht. Ich habe mir schon freigenommen, als wir im Taunus recherchiert haben, und ich habe mir schon freigenommen, als wir Pierre-Peters Mutter in Bad Honnef vernommen haben.
»Ja klar!«, sage ich. Mir wird schon etwas einfallen. Zur Not habe ich Montag Bronchitis.
»Was machst du mit Nelly?«

»Die schicke ich zu Margret zurück«, sage ich und weiß im selben Moment, dass ich das gar nicht will.

Reisefieber

Nelly zieht einen Flunsch, als sie hört, dass sie nach Hause zurück soll.
»Aber Margret ist doch noch gar nicht wieder voll da!«, klagt sie. »Guck sie dir doch nur mal an.«
Ich schüttele den Kopf. Ich habe Margret seit ein paar Tagen nicht gesehen. Ich weiß nicht, wie sie aussieht.
»Nelly, es ist ja nur für kurz. Du kannst nachher wieder zu mir ziehen!« Was habe ich da gesagt?
»Na klar, aber warum kann ich nicht gleich hier bleiben?«
»Du? Hier ganz alleine?« Das fehlte noch. Solange ich nicht weiß, wer die schwarze Glatze ist und was da läuft, bleibt Nelly nirgendwo alleine. »Nelly? Hast du mir nicht etwas zu sagen? Du willst mir doch was erzählen, oder?«
Hilfe! So hat meine Mutter immer mit mir geredet. Ich habe das nie leiden können, nicht eine Sekunde habe ich das ertragen.
Nelly klappert kokett mit den Augendeckeln.
»Ja, äh, stimmt schon, Tante Senta. Woher weißt du das nur?«
Ich bin eine Briefkastentante, möchte ich antworten, nichts Menschliches ist mir fremd. Mir kann man alles anvertrauen. Rede du nur, mein Kind.
»Neulich Abend«, beginnt Nelly, »du bist nochmal mit Waldi raus, da wollte ich mir Notizen machen für meinen Schulaufsatz. Tja, und ich hab überall nach Papier gesucht, aber hier war nichts.«

»Ich schreibe für gewöhnlich in der Redaktion, in meinem Büro …«
»Ja. Zuerst wollte ich Klopapier nehmen, aber wenn die andern aus der Klasse das gesehen hätten … Total uncool, echt. Ich wollte dann zum Bahnhof trampen und mir da was kaufen, da hab ich … Ich hab in deiner Manteltasche nach Geld für einen Notizblock gesucht, und da habe ich drei Briefe gefunden. Da hab ich einfach die genommen.«
»Nelly! Das ist doch nicht wahr! Das hast du jetzt erfunden!«
Sie verzieht den Mund. Sie sieht verlegen aus, schuldbewusst, aber auch ein kleines bisschen amüsiert.
»Nelly! Du sollst mir nicht immer solche Geschichten auftischen, bitte!« In mir steigt Verzweiflung hoch.
»Tue ich bestimmt nicht, Tante Senta!«
Sie wedelt mit den Händen und streicht ihre zippeligen Haare hinter die Ohren. Sie sucht und findet ihre Schultasche unter dem Garderobenständer im Flur und kramt darin herum. Sekunden später halte ich mein eigenes Diebesgut in Händen, die Briefe, die ich Eleonore Seifert gestohlen habe.
»O Gott, Nelly!«
Auf der Rückseite hat Nelly fein säuberlich Stichworte für ihren Deutschaufsatz notiert:
Galileo Galilei hat die Florentiner Gesellschaft betrogen, indem er ihnen ein Patent für ein Fernrohr verkauft hat, das es in Holland schon gab, lese ich. Ich nicke wissend. Schurken gab es schon immer.
»Also darf ich hier bleiben?«, beginnt Nelly erneut.
»Nein!«
»Ich hab doch noch die Knoblauchfleischwurst!«
Richtig. »Die muss auch mit zu Margret«, entscheide ich. Nelly schaut mich mit Triefblick an. So guckt sonst nur mein Hund.

Apropos Hund. Ich schicke Nelly mit der armen Knoblauchfleischwurst Gassi. So habe ich alle Ruhe der Welt, um mich mit meinem Diebesgut zu beschäftigen. Nellys Notizen laufen in fast allen Fällen bis zur Unleserlichkeit quer über den Absender. Aber das macht nichts. Das eine Kuvert enthält eine Rechnung für über dreißig Kilo weißen Ton aus Höhrgrenzhausen. Die anderen Kuverts haben noch gültige Briefmarken und stammen von Eleonore selbst. Sie hat die Briefe geschrieben!

Mein lieber Junge!
Ich hoffe, es geht dir einigermaßen gut und deine Erkältung hat sich gelegt. Ich habe einen weiteren Gnom gefertigt, sie werden immer besser. Im Sommer werde ich einige in den Garten stellen. Ich hoffe, an einer Ausstellung in Bad Godesberg teilnehmen zu können. Drück mir die Daumen!
Anbei eine Kleinigkeit für dich, du hast es ja momentan nicht so leicht.
Liebe Grüße, Mutter

Also doch. Sie wusste, wo ihr Sohn zu finden war. Sie steckte ihm sogar Geld zu. An das Schreiben ist ein Hundert-Euro-Schein geheftet. Zärtliche Mutter. Sie tut mir Leid. Ob sie ihren Sohn inzwischen gesehen hat, in der Schublade, unter dem Tuch?
Ich öffne den zweiten Brief.

Meine liebe Tochter!
Sorge dich nicht um mich. Es geht mir gut. Ich habe einen weiteren Gnom gefertigt, sie werden immer besser. Im Sommer werde ich ihn in den Garten stellen. Ich hoffe, an einer Ausstellung in Bad Godesberg teilnehmen zu können. Drück mir die Daumen!

Danke für die hundert Euro! Du denkst immer so lieb an mich. Ich habe mir Ton davon gekauft.
Deine Mutter

Im Gegensatz zu den Absendern sind die Anschriften noch bestens zu lesen. Eleonores Sohn hat eine Adresse im Wiesbadener Westend. Nun ja, das wissen wir inzwischen, die Kommissarin und ich. Und Eleonores Tochter wohnt ... ganz in der Nähe! In Taunusstein, einen Katzensprung von hier entfernt.
Eigentlich müsste ich jetzt sofort nach Taunusstein fahren und versuchen, die Dame abzufangen. Aber irgendetwas hält mich davon ab. Ich weiß auch, was es ist, ich will es mir nur nicht so einfach eingestehen. Ich habe mich auf die Fahrt nach Frankreich gefreut. Ein Gespräch mit Eleonores Tochter könnte sie verzögern – oder gar überflüssig machen. Und das will ich auf keinen Fall riskieren.
Ich stopfe die Briefe in meinen Nachttisch.
Ich habe sie nie geklaut.

Am nächsten Morgen geht alles ganz schnell. Thomas holt mich ab. Nelly steht in der Tür, Waldi im Arm, und winkt uns nach. Sie hat mir versprochen, bis Mittag mitsamt Knoblauchfleischwurst zu Margret umzuziehen. Ich hoffe, sie hält sich daran. Nicht auszudenken, wenn sie sich doch noch in meiner Wohnung mit der Glatze ...
»Weißt du überhaupt, wo wir hinmüssen?«, fragt Thomas.
»Nicht so genau. Aber ungefähr. Wir müssen uns eben ein bisschen durchfragen.«
»Durchfragen?«
Was hat er nur? Richtige Detektive machen das so.
»Hach, wir kommen schon zurecht!«
»Du und dein rheinischer Frohsinn! Ich würde gerne mal wissen, was wir in Frankreich überhaupt anstellen sollen.«

Spazieren gehen und Rotwein trinken, möchte ich ihm antworten. Das wäre mir das Liebste.

Wir kommen bis kurz vor Freiburg. Dann stehen wir im Stau. Ich fummele am Autoradio herum, bis ich einen Sender mit Verkehrsfunk gefunden habe. Ich hole den Atlas aus dem Handschuhfach, schlage ihn auf und suche mit dem Finger die Stellen ab, die der Moderator angibt:
»*Autobahn A 8 Richtung München ... fünfzehn Kilometer Stau wegen einer Massenkarambolage ... Autobahn A 9 ... Schneewehen zwischen Nürnberg und ... Autobahn A 5 zwischen ... und Freiburg in beiden Richtungen wegen Glatteis unbefahrbar. Die Räumfahrzeuge kommen nicht durch.*«
»Das sind wir«, sagt Thomas in einem Ton, als hätte ich Schuld.
Ich starre entsetzt auf die Straße vor uns. Tatsächlich! Nichts geht mehr. Alles steht.
Da kaufen die Leute Autos für fünfzigtausend Euro und bei ein bisschen Eis und Schnee sind die Vehikel nicht mehr einsatzfähig. Schlittern wie herrenlos durch die Gegend, drehen durch, lassen sich weder bremsen noch lenken. Unausgereifte Modelle. Jeder weiß das, die Hersteller, die Käufer, die Verkehrswacht, die Krankenhauschirurgen und die Bestattungsunternehmen. Und jeder spielt mit.
»Verdammt!« Thomas wird unruhig. »Gibt es denn hier nirgendwo eine Umgehung? Kommen wir denn hier nicht irgendwo raus?«
»Nun wart doch mal ab«, beruhige ich ihn. »Über eine Umgehung sind wir auch nicht eher da!«
Alle Männer, die ich kenne, sind bereit, kilometerlange Umwege zu fahren, ganz egal, ob sie das schneller ans Ziel bringt oder nicht. Hauptsache, es bewegt sich. Hauptsache, Gas geben und Sprit verpulvern.

»Das geht doch gleich weiter«, tröste ich.
Thomas hupt und gibt Gas und schlittert auf den Seitenstreifen, manövriert sich rutschend vor, so weit er kann. Mal gehorcht ihm das Auto, mal sind wir ihm ausgeliefert. Wir kommen ungefähr zwanzig Meter weit. Dann stehen schon andere vor uns auf dem Seitenstreifen.
»Und wie sollen hier die Räumfahrzeuge durch? Die Krankenwagen und die Polizei?«, meckere ich los.
»Wir haben kaum noch Sprit«, sagt Thomas beleidigt und macht den Motor aus. Das ungezogene Auto hat mal wieder zu gierig geschluckt.
»Fünf Kilometer Stau auf der Autobahn A9 Richtung Nürnberg, zähflüssiger Verkehr ...«
Ich drehe dem Moderator den Saft ab und lausche. Es ist unwirklich still. Schnee fällt auf die Windschutzscheibe, ganz lautlos. Kleine Schneemauern wachsen an den Seitenscheiben hoch.
Wir sind allein auf der Welt.
Thomas nimmt meine Jacke, seinen Parka und einen alten Schlafsack, den er vom Rücksitz fischt, und deckt uns mit alledem fürsorglich zu.
»Und jetzt?«, frage ich leise.
»Können wir uns in aller Ruhe unterhalten«, flüstert Thomas.
»Über Mignon?«, frage ich. Hoffentlich ist sie irgendwo, wo es nicht kalt ist.
»Hat deine Kommissarin mich immer noch in Verdacht?«
»Über dich haben wir diesmal nicht gesprochen.«
»Schade«, meint Thomas knapp. »Und wieso soll Pierre-Peter es nicht gewesen sein? Er hätte ja die jungen Leute beauftragen können, Mignon zu kidnappen. Dass er dann aus dem Fenster fällt ...«
»... kann ein Zufall gewesen sein? Hör mal! Jemand, der so fertig ist, dass er nicht mal mehr über eine Brüstung ba-

lancieren kann, lässt seine frühere Lebensgefährtin nicht kidnappen. Außerdem, die Kommissarin hat Recht: Er hat fünf Jahre in derselben Stadt gewohnt wie Mignon! Wenn er sich an ihr hätte rächen wollen, weil er damals vor Liebeskummer in die Legion gegangen ist, dann wäre er ihr wohl schon längst mal erschienen ...«
»Muss nicht sein«, meint Thomas und reibt seine Nase an meiner. »Vielleicht hat er sie heimlich ausspioniert. Hat sich sorgfältig einen Plan zurechtgelegt. Hat seine Wut genährt. Ist dir auch so kalt?«
»Und wie! Wie ist das eigentlich bei Tod durch Erfrieren?«
»Ganz sanft und friedlich.«
»Hm. Wie tröstlich. Aber eigentlich will ich noch nicht sterben. Wer soll sich um Nelly kümmern? Um Margret? Und um die arme Knoblauchfleischwurst?«
»Und um mich?«, lächelt Thomas und streicht über mein Haar.
»Wir haben keinen Proviant an Bord«, sage ich schuldbewusst. Ich habe uns kein Picknick eingepackt. Ich habe mich auf die Autobahnraststätten verlassen.
»Richtig. Wie ist das bei Tod durch Verhungern?«
»Dauert fünf bis sechs Wochen!«, kläre ich Thomas auf.
»Dann haben wir ja noch jede Menge Zeit«, sagt Thomas zufrieden und zieht mich näher an sich.
»Aber Verdursten geht schneller«, sage ich unsicher, »das klappt innerhalb von fünf Tagen.«
Thomas zupft die Mäntel und Decken über uns zurecht. Ich kann unseren Atem sehen. Er steigt weiß aus unseren Mündern und vermischt sich vor unseren Gesichtern zu einem hellen Nebel.
»Was meinst du«, will ich wissen, »wie lange werden wir hier festsitzen? Die ganze Nacht?«
»Die ganze Nacht!«, flüstert Thomas amüsiert. »Wieso? Fürchtest du dich mit mir?«

»Nein«, sage ich. »Ich finde es schön hier mit dir. Sehr schön sogar. Ich muss nur immer an Mignon denken.«
»Brauchen Sie Decken? Kaffee? Tee?« Ein junger Mann in einer roten Jacke mit Malteser-Abzeichen reißt meine Beifahrertür auf, schwer und ruckartig. Schnee fällt auf meinen Schoß, eine niedrige weiße Wand bleibt draußen stehen.
»Glühwein!«, bitte ich.
Der Mann hält uns einen großen Becher hin und füllt ein heißes Gebräu ein. Ich rieche Früchtetee.
»Und?«, fragt Thomas.
»Das kann noch dauern«, sagt der junge Mann. »Die Räumfahrzeuge kommen nicht durch.«
Wir nicken ergeben. So langsam haben wir uns an unsere Lage gewöhnt. Die Tür wird wieder zugeschmissen, der junge Mann zieht weiter, zum nächsten Auto.
Wir schlürfen unseren Tee.
»Die Versicherung«, sage ich, »haben die Leute von der Versicherung dich schon wissen lassen, wann sie die Police auszahlen? Ich meine, die müssen doch bestimmt warten, bis die Polizei den Fall geklärt hat oder bis die Akte geschlossen wird?«
»So eine Akte wird nie geschlossen, sie bleibt immer offen. Allenfalls wird die Suche nach Mignon eingestellt.«
»Und dann bist du reich?«
»Scht!«, macht Thomas. »Ich habe Mignon nicht geheiratet, um reich zu werden. Wirklich, ich hätte gern den Rest meines Lebens mit ihr verbracht, auch ohne Geld.«
»Entschuldige!«
»Ich hätte mich nicht in sie verlieben dürfen.«
»Aber wieso ...?«
»Es hat nicht sein sollen. Sie hatte es anders geplant.«
»Aber ... Was willst du damit sagen?«
»Ruhig jetzt, sei ruhig!« Entschlossen zieht er mich in seine

Arme und bettet meinen Kopf an seine Schulter. »Komm, schlaf ein bisschen!«
Gehorsam kuschele ich mich an ihn. Er fühlt sich angenehm an, fest und warm. Wenn Mignon uns jetzt sehen könnte!
Verzeih mir, Mignon!

Verlassene Welt

Es ist vier Uhr in der Früh, als wir endlich weiterfahren können. Ich habe nur wenig geschlafen, Thomas noch weniger. Übermüdet schauen wir uns an. Wir sind gerädert, überreizt und doch irgendwie hellwach. Hören den kleinsten Laut. Können gegenseitig unsere Gedanken lesen, jedenfalls kommt mir das so vor.
Wir halten am nächsten Rastplatz, versorgen uns mit Cola und Brötchen für die weitere Fahrt, trinken einen Kaffee im Stehen. Wir müssen nicht reden, wir verstehen uns wortlos. Auf dem Weg zum Wagen wirft mir Thomas den Autoschlüssel zu. Ich setze mich ans Steuer, wir fahren weiter. Bald ist Thomas neben mir eingeschlafen. Im Schlaf hat er etwas Kindliches an sich, das mich rührt. Der Schlaf macht uns hilflos, denke ich. Thomas ist mir jetzt anvertraut.

Als wir endlich wieder miteinander reden, erkennen wir unsere Stimmen nicht wieder.
»Sind wir bald da?«
»Wie heißt denn der nächste Ort?«
Vor uns liegt eine weiße Wüste, die am Horizont konturlos in weiße Nebelwolken übergeht. Darüber ein tiefblauer Himmel. Die Straße, auf der wir fahren, gräbt sich durch

die Schneelandschaft wie ein schwarzer Fluss. An seinen Ufern türmt sich der abgeräumte Schnee. Pricken säumen ihn. Sie markieren den Weg für die Räumfahrzeuge und sind neben ein paar kahlen Bäumen das Einzige, was aus dieser endlosen Schneedecke herausragt.
»Wo wollen wir überhaupt hin?«
»Sauveterre«, murmele ich. Es klingt wie eine Beschwörung.
»Wildes Land«, übersetzt Thomas nicht ganz korrekt. »Wie kommst du darauf?«
»Es ist ein Ort. Mignons Pflegefamilie hat eine Zeit lang dort gelebt. Ich denke, da sollten wir anfangen. Wir fragen einfach die Leute im Dorf.«
»Vielleicht sollten wir lieber auf eine Mairie, zu einem Bürgermeister?«
»Das machen wir auch noch.«
Wir müssen uns eine Unterkunft suchen, es wird bald dunkel.
Wir kommen an einem verlassenen Gehöft vorbei. Die Steine, aus denen es gemauert ist, sind so grau wie die niedrigen Felsen, die ringsum in der verschneiten Landschaft aufblitzen. Das Gebäude kauert auf der Erde, es duckt sich zwischen die schneeverwehten Erdwälle, die es umgeben. Der Wind hat das Dach vom Schnee befreit. Die Schindeln sind unregelmäßig behauen, sie liegen wie zufällig zusammengefügt auf dem ausladenden Dach, und doch folgen sie beim näheren Hinsehen einer schönen Ordnung, scharen sich kreisförmig um den Kamin. Chaos und Ordnung.
»Wollen wir hier einziehen?«, neckt Thomas.
»Dürfte ein bisschen spartanisch sein«, weiche ich aus, »und furchtbar kalt.«
»Dann müssen wir es uns eben warm machen«, schlägt Thomas vor. »Einander wärmen ...«

Im nächsten größeren Dorf finden wir einen Gasthof, der etwas bequemer aussieht als unser verlassenes Gehöft. Unglücklicherweise haben sie nur noch ein Zimmer frei.
»Du kannst es nehmen«, sagt Thomas. »Ich schlafe im Wagen.«
»Das überlebst du nicht«, protestiere ich, »du wirst dich erkälten. Komm, sei nicht albern ...«
Das Zimmer ist winzig. Blumenmuster zieren die Wände, der alte Schrank knarrt in allen Fugen, wenn man seine Tür aufmacht. Das breite Bett steht mitten im Zimmer. Die große Wolldecke ist geschickt zwischen zwei Laken eingeschlagen. Sie sind steif und blütenweiß.
Vorsichtig setze ich mich auf das Bett, streiche mit der Hand über die Decke. Thomas steht unschlüssig an der Tür.
»Soll ich nicht doch lieber ...«
»Ach was!«
Wir sind so müde, zu müde, um noch etwas zu essen. Ich trinke Wasser aus dem Krug, der auf der schmalen Anrichte steht. Wir ziehen uns schweigend aus, schauen uns dabei nicht an, schlüpfen unter die Decke. Das Bett ist breit. Es hat eine tiefe Mulde in der Mitte. Ohne es zu wollen, rutschen wir immer wieder in diese Mulde. Am Anfang versuchen wir noch, einander nicht zu berühren, ich halte mich sogar ein bisschen am Bettrand fest, um dort, am Rand des Bettes, liegen zu bleiben. Es ist mühsam und lästig.
Thomas flucht leise.
Dann, endlich, geben wir allen Widerstand auf.

Am nächsten Morgen ist Thomas unbefangen und gelöst.
»Manchmal entwickeln sich die Dinge überraschend«, sagt er zufrieden, als er sich sein Hemd überstreift. Kein schlechtes Gewissen, gar nichts. Ich bin froh darüber, nichts wäre furchtbarer, als jetzt in gedrückter Stimmung Selbstanklagen und Entschuldigungen austauschen zu müssen.

Seine gute Laune überträgt sich auf mich. Ich springe aus dem Bett, schaue aus dem winzigen Sprossenfenster. Es gibt den Blick frei auf graue Häuser verschiedener Größe. Doch alle haben die gleichen Giebelwinkel, die gleichen kleinen Fenster, von hellerem Stein umrahmt. Steinmauern und Schieferdächer, Grau in Grau und manchmal nur bemoost.
Wir frühstücken in einer kleinen Bar, trinken viel schwarzen Kaffee und essen wenig Baguette mit Konfitüre. Thomas raucht entspannt eine Zigarette, eine Gauloises.
»Hier muss das sein«, kommentiert er kurz und ergreift meine Hand. Ich habe ihn noch nie rauchen sehen.

Arm in Arm schlendern wir später durch unser graues Dorf. Dann geht die Fahrt weiter, am Tarn entlang. Die Häuser kleben hier am Felsen, hoch über dem Flüsschen, man weiß gar nicht, wie Menschen dort wohnen können. Wie kommen die Bewohner hinüber? Wie transportieren sie ihre Habe über den Fluss?
»Da, eine Seilbahn!«, sagt Thomas, als könne er meine Gedanken lesen. Tatsächlich, hoch über dem Tal schwebt eine große Blechkiste dem anderen Ufer entgegen. Was mag darin sein?
Wir schauen verblüfft zu, bis die Gondel auf der anderen Seite des Flusses angekommen ist. Thomas kneift dabei die Augen zusammen. Das gibt ihm den entschlossenen Gesichtsausdruck eines Trappers, der seinen Weg kennt. Wenn er mich jetzt bäte, mit ihm über den Fluss zu setzen und uns den Rest unseres Lebens in einem dieser Häuser zu verstecken ... Ich würde keine Sekunde zögern.

Das Tal, durch das wir fahren, ist eng. Unter anderen Umständen würde ich es als düster empfinden. Die Straße ist voller Kurven, sie folgt dem Flusslauf. Wir werden hin und

her geschaukelt. Manchmal müssen wir durch eine Unterführung hindurch. Oftmals scheinen wir am Felsen oder am Abgrund gerade eben nur vorbeizuschrappen.
»Im Sommer ist hier alles voller Touristen«, erzählt Thomas. »Radfahrer, Paddler …«

In Ste. Enimie sind die Spuren des sommerlichen Treibens noch zu sehen. Überall kleine Restaurants, größere Einkaufsläden, Bootsverleihe. Alles ist leer und verlassen und wartet auf die nächste Saison. Auf dem Campingplatz am Fluss steht ein einziges Zelt. Es ist blau.
Sauveterre ist ein winziges Dorf. Die uralten Steinhäuser in allen Grauschattierungen glauben wir schon woanders gesehen zu haben, die moosbedeckten Dächer aus grauem Kalkstein sind uns inzwischen vertraut. Ein paar Gehöfte, sonst nichts. Rund um das Dorf dehnt sich weites, steinbedecktes Land.
Wir befragen ein paar Einheimische, die Unterhaltung geht schleppend voran. So groß ist unser Sprachschatz nicht.
Eine Familie Meyer hat hier nie gewohnt, teilt man uns mit.
Mignon Meyer? Keine Ahnung, nie gehört.
Arm in Arm stehen wir da und betrachten die Landschaft. Sie ist nicht ganz so wild wie die, durch die wir schon gefahren sind. Hier fehlen die weiten freien Flächen, große Gebiete sind von Wald bedeckt. Die Bäume am Straßenrand hat der Sturm gebeugt.
»Hier hat sie also gelebt«, sagt Thomas ungerührt. Mir kommt es so vor, als spräche er von einer fremden Person. »Schön hier …«
Später breitet er die Landkarte auf dem Kühler aus und studiert die Straßen.
»Sag mal, Marlene …«
Ich bin froh, dass er mich Marlene nennt. Er spricht es

ganz natürlich aus, als gäbe es gar keinen Zweifel, dass ich so heiße, als gäbe es keine liebe Frau Senta. Ich fühle mich angesprochen, ich bin gemeint.
»Bist du dir eigentlich sicher, dass Mignon in Sauveterre gelebt hat? In diesem Ort hier? Oder war es nicht eher die Causse de Sauveterre, von der sie gesprochen hat?«
»Das kann auch sein«, gebe ich kleinlaut zu.
»Die Causse de Sauveterre, damit ist nämlich eine Landschaft gemeint, ein Plateau. Da können wir eine ganze Hochebene absuchen.«
»Schon möglich«, sage ich bedrückt.
Doch Thomas' gute Laune ist ungebrochen. »Was sind wir zwei doch für Affen!«, ruft er, packt mich und wirbelt mich herum. Dann liegen wir uns lachend in den Armen.
Später holt Thomas seine Kamera aus dem Auto und fotografiert die Landschaft, mich und wieder die Landschaft. Wir klettern auf eine kleine Anhöhe, um eine bessere Aussicht zu haben, rutschen ab, kreischen, klettern weiter. Völlig verdreckt sitzen wir endlich auf der kleinen Erhebung und küssen uns lange.
»Meinst du, hier kommen Leute vorbei?«, fragt Thomas und sieht sich um.
»Was meinst du? Woran denkst du? Oh, bitte ...«

Am Abend kehren wir in einem kleinen Lokal in La Malène ein. Wir essen lange und ausgiebig. Thomas jedenfalls kämpft sich durch etliche Gänge, ich nasche mehr, als dass ich esse, ich habe keinen Hunger. Wir erzählen und lachen, necken uns, blödeln herum wie Kinder. Zwischendurch fragen wir die Wirtin, ob sie Mignons Familie gekannt hat, Mignon Meyer, der Vater war ein Deutscher. Nein, sie weiß nicht, wer das sein soll.
In Ste. Enimie finden wir nur ein winziges Hotel, das um diese Jahreszeit geöffnet ist. Es liegt direkt an der Straße

und hat einen Pool für die Sommergäste. Er ist zugefroren. Auch hier kennt niemand Mignon Meyer. Mignon ist nur ein Phantom, unsere Fahndung wird zum Spiel, das Spiel ist verloren. Wir sind vom Weg abgekommen.
Wir schreiben uns ein als Herr und Frau Niggenböll. Der Name ist mir spontan eingefallen, ich mag ihn. Eine meiner Leserinnen hieß so, ich habe vergessen, worum es ihr ging.

Am nächsten Morgen schlafen wir lange, frühstücken ausgiebig. Es ist wie im Urlaub.
»Wie fahren wir zurück?«, fragt Thomas. »Sollen wir über Bordeaux fahren?«
»O ja, an den Atlantik«, schwärme ich. Der Atlantik im Winter!
»Wein kaufen«, sinniert Thomas. »Ein Chateau besichtigen ...«
»... und essen gehen«, vollende ich.
»Pot au feu. Profiteroles au Cassis.«
»Ich muss zurück zu Frau Doktor«, sage ich. »Ich hab's ihr versprochen.« Mich rufen Lebensbeichten und Fragen an Frau Senta.
»Ein paar Tage am Meer ...«, murmelt Thomas mit einem Ausdruck, der zwischen Betteln und Träumen liegt.
Wir wissen beide, dass das nicht geht.
Wir haben uns schon zu viel herausgenommen.

Überraschung

In meiner Wohnung empfängt mich Totenstille. Ich vermisse Waldi und Nelly, noch bevor ich meinen Koffer ausgepackt habe. Ich gehe umher, öffne Türen, schaue in alle

Zimmer. Seltsam, wie schnell man sich an Gesellschaft gewöhnen kann.
Ich beschließe, so schnell wie möglich zu Margret zu fahren und meine beiden Trabanten abzuholen. Den roten Pumps kann ich ihr bei der Gelegenheit gleich zurückbringen. Wo hat Nelly den anderen? Ich finde ihn im Schuhschrank auf dem Flur und ziehe pfeifend los.

»Du hier?« Margret ist ganz verstört, als sie mir öffnet. »Ich dachte, ihr seid in Frankreich!« Sie kann mir keine Hand geben, ihre Hände kleben voller Teig. Sie hat Mehl in den Haaren, und auf ihrem Busen pappt Puderzucker.
»Margret, was …?«
»Wir backen Plätzchen. Weihnachtsplätzchen«, klärt Margret mich auf.
Ich nicke. »Das ist nett von dir. Da freut Nelly sich sicher.«
»Nelly?«
Ich schiebe Margret beiseite und trete ein, um Nelly zu begrüßen. Am Küchentisch steht Mister Emergencyroom, angetan mit Mundschutz und Handschuhen, und schneidet mit einem Skalpell kleine Herzen in Stücke. Nein, das habe ich jetzt erfunden. Er hat – wohl in Ermangelung einer Küchenschürze – einen Arztkittel an, aber sein hübsches Gesicht ist unverkleidet, er trägt auch keine Handschuhe, und das Herz aus Teig, das er gerade aussticht, an dem doktert er mit einem ganz normalen Plätzchenausstecher herum.
»Hallo, Frau Senta!«
»Wo ist Nelly?«
Margret steht schwer atmend hinter mir. »Wohnt sie denn nicht bei dir?«
»Ich habe Nelly und Waldi zu dir geschickt, bevor ich losgefahren bin.«
Margret erstarrt, Emergencyroom lässt sein Herz sinken.

»O mein Gott!«, sagt Margret, »Nelly und Waldi!«
»Vielleicht sind sie ja nur mal kurz einkaufen«, tröste ich, »oder eine Freundin besuchen …« Oder einen Freund, denke ich. Die schwarze Glatze! Ich halte Margret die roten Pumps vor die Nase. »Jedenfalls habe ich dir deine Schuhe zurückgebracht. Ich finde, sie passen nicht so recht zu Nelly. Ich hoffe, du bist mir nicht böse, wenn ich das so offen sage.«
»Nein, nein«, wehrt Margret ab und schüttelt Mehl aus ihrer Frisur. »Aber die gehören mir nicht.«
»Sie gehören dir nicht?«
»Keinesfalls. Ich trage nur braune oder schwarze Schuhe. Aus Prinzip.«
»Das ist klassischer Stil«, klärt Emergencyroom mich auf.
Ich stehe da und schaue etwas ratlos auf die blutroten Pumps in meinen Händen. Wie gerne würde ich jetzt Mignon um Rat fragen! Seit Mignon verschwunden ist, gerät mein Leben immer mehr aus den Fugen.
»Ich gehe Nelly suchen«, bringe ich hervor, drehe mich um und lasse meine bemehlte Schwester und ihren teigigen Bräutigam bei der Operation Weihnachtsplätzchen zurück.

Eingebunden

Thomas ist Buchhändler. Er hat einen Laden in der Mainzer Innenstadt, einen ganz kleinen altmodischen Laden voller verstaubter Bücher. Ich habe ihn dort abgeholt, bevor wir in den *Kirschgarten* gegangen sind. Thomas betreibt ein Antiquariat. Ich mag es, ihm zuzuschauen, wie er zwischen den alten Schinken mit den abgegriffenen Ledereinbänden hantiert, Stapel von hier nach dort trägt. Manche

Bücher haben Goldschnitt und schimmern plötzlich auf, wenn ein Sonnenstrahl unerwartet seinen Weg durch die staubigen Scheiben findet. Und erst der Geruch! Die ganze Einrichtung riecht geheimnisvoll nach Vergangenheit.
Drei steinerne Stufen führen zum Ladeneingang, einer Holztür mit ziemlich großer Glasscheibe, auf der in goldenen Lettern steht: *Antiquariat Pottrowski.*

Ich will gerade die Tür aufreißen, hoffentlich ist Thomas allein, er muss den Laden für heute schließen und mir helfen, Nelly und Waldi zu suchen, da habe ich eine Fata Morgana. Geradewegs durch das große P der Aufschrift *Antiquariat Pottrowski* sehe ich, wie Thomas eine Frau küsst. Im ersten Moment bin ich völlig verwirrt.
Die Frau in Thomas' Armen ist Mignon. Von der Größe und von den Bewegungen her …
Er hat Mignon gefunden. Sie ist wieder da.
Doch dann rufe ich mich zur Ordnung. Das kann ja alles nicht sein. Ich habe Mignon noch nie küssen sehen. Und Thomas schon gar nicht. Wie sieht er aus, wenn er mich küsst? Die Frau kann ich nur von hinten sehen, sie hat auffallend langes dunkles Haar, das wie Perlon glänzt. Perückenhaar. Aber Thomas sehe ich von vorn. Er strahlt die Frau an, voller Glück, voller Zärtlichkeit, voller Einverständnis.
Mich durchfährt ein eisiger Blitz.
Das darf nicht wahr sein! Schon gar nicht nach den letzten Tagen, die wir gemeinsam …
Wer ist das da drinnen? Was hat Thomas mit ihr zu schaffen? Ich trete zurück, falle fast die Stufen hinunter, stehe vor seinem Laden wie Lots Weib. Was soll ich nur tun?
Ich will gerade gehen, da macht Thomas die Tür auf.
»Komm doch rein«, sagt er warm, als hätte es drinnen nie eine fremde Frau gegeben.

Zögernd trete ich in den Laden.
»Nimm einen Moment Platz«, sagt Thomas. »Ich bin gleich wieder da. Ich muss nur mal schnell etwas aus der Wohnung holen.«
Ich nicke benommen. Thomas wischt sich mit dem Handrücken über den Mund und verschwindet hinter dem Vorhang, der die Treppe zu seiner kleinen Wohnung verdeckt. Ich verharre einen Augenblick, dann setze ich mich auf Thomas' Lederhocker hinter der Kasse und warte. Die Zeit vergeht. Thomas kommt so schnell nicht wieder. Ich blicke mich in seinem Laden um. Ich bin nervös und ungeduldig. Dabei ist es schön hier zwischen all den Büchern, so friedlich und still. Wie fühlt sich das an, einen Laden zu führen? Unentschlossen blättere ich in dem Folianten, der auf dem Tresen vor mir liegt. Ein Zettelchen fällt heraus, so eins wie die, die ich in Thomas' Auto gefunden habe.
Neugierig fange ich an zu lesen.

Operation

Eine OP-Lampe über dem Esstisch.
Mein Vater war Chirurg.
Ich schneide mein BSE-Fleisch
in kleine Stücke.
Wie viele Schnitte
hat die Lampe schon gesehen?

Thomas hat wirklich Talent, denke ich. Das Gedicht gefällt mir. Ich drehe den Zettel herum.

Du darfst mir nie aufs Meer hinaus folgen, lese ich. Druckbuchstaben, die linkisch ineinander fallen. Eine verstellte Schrift. Als hätte ein Rechtshänder mit links geschrieben oder umgekehrt. Wer war das? Wer hat Thomas diesen Zettel hierher gelegt? Vorsichtig schiebe ich ihn in den Folianten zurück. Hoffentlich untersucht die Kommissarin das Buch nie auf Fingerabdrücke. Das nächste Mal ziehe ich Handschuhe an, wenn ich Thomas besuche.

Ich gerate ins Schwitzen, als er zurückkommt. Soll ich ihn zur Rede stellen? Soll ich so tun, als wäre nichts passiert? Thomas nimmt mir die Entscheidung ab.
»Ich habe unerwartet Besuch bekommen«, sagt er lächelnd. »Eine alte Freundin. In einem anderen Leben wollte ich sie einmal heiraten.«
»Eine Sandkastenliebe? Wo ist sie jetzt?«
»Sie ist gegangen«, sagt Thomas ruhig.
»Zum Hintereingang hinaus?«, frage ich ungläubig.
Thomas lacht. »Sie wollte von niemandem gesehen werden.«
Jetzt bin ich beleidigt. Ich finde, das ist etwas zu viel Geheimnis um eine Sandkastenliebe.
»Nelly ...« Mir ist wieder eingefallen, warum ich hier bin. »Nelly ist nicht zu Margret gezogen, wie sie mir versprochen hatte. Sie ist nicht bei Margret, und in meiner Wohnung ist sie auch nicht. Und was das Schlimmste ist, diese roten Pumps, die Nelly in meine Wohnung geschleppt hat, die gehören nicht Margret ...«
»Nun mal langsam!«, ermahnt mich Thomas. »Für eine gestandene Redakteurin erzählst du reichlich wirr durcheinander.«
Ich schlucke. Ich beginne artig von vorn, berichte über Nellys rote Pumps, die angeblich Margret gehören sollten.
Erzähle von meinem Auftritt bei Margret und der Operation Weihnachtsplätzchen.
»Ich bin so ein Idiot!«, klage ich mich an. »Ich hätte auf Nelly viel besser aufpassen müssen! Und ihr neuer Freund, dein Adoptivsohn ... Also, ich kann nicht behaupten, dass

mir die Sache gefällt. Ich finde das irgendwie unglücklich, dass ausgerechnet du die beiden verkuppelt hast!«
»Hm«, macht Thomas.
»Wie kommen Nelly und er zu diesen roten Pumps?«
»Was weiß ich!«
»Und wenn das die Schuhe sind, die Mignon anhatte, als sie ... Hast du dir schon einmal überlegt, ob dein netter Adoptivsohn etwas mit Mignons Entführung zu tun haben könnte?«
»Warum hast du die Schuhe nicht zu mir gebracht? Ich hätte sie leicht identifizieren können, wenn es Mignons Schuhe gewesen wären. Schließlich habe ich sie ihr geschenkt.«
»Zum Hochzeitstag«, murmele ich. Und dann fange ich an zu weinen.
»Nicht doch, nicht doch«, brummt Thomas und nimmt mich in den Arm. Es fühlt sich fast so gut an wie in unserer langen Nacht in seinem verschneiten Auto.
»Wir werden Nelly finden«, tröstet er. »Sie wird nicht weit sein.«
»Und die verdammten Pumps?«, schniefe ich. »Sollen wir zur Polizei gehen? Sollen wir Dorte Jürgens alles erzählen?«
»Nein. Wir warten erst einmal ab. Wir machen uns bei der Kommissarin doch nur lächerlich.« Thomas streicht mir beruhigend übers Haar und murmelt: »Rote Schuhe gibt's wie Sand am Meer.«

Verbrannte Spuren

In der Redaktion ist ein kümmerliches Häuflein Leserbriefe für mich eingegangen. Ich weiß gar nicht, welche von den drei Zuschriften ich zuerst öffnen soll. Ich will auch gar keine öffnen.
Ich habe Probleme.
Vielleicht sollte ich mir selbst einen Leserbrief schreiben?

Liebe Frau Senta!
Meine Kollegin ist entführt worden. Ihr Mann bekommt eine Menge Geld von einer Lebensversicherung, wenn sie nicht mehr auftaucht. Er trifft sich jetzt schon mit einer früheren Freundin. (Und mit mir!) Meine Nichte – ich liebe sie über alles, obwohl sie sehr anstrengend ist – trifft sich mit einem Skinhead und schleppt die Schuhe mit sich herum, die das Opfer zuletzt anhatte. Seit ein paar Tagen ist sie untergetaucht. Vermutlich ist sie auf der Flucht. Muss ich der ermittelnden Hauptkommissarin die Wahrheit sagen?
Ihre Marlene F. aus W.

»Senta! Was machen Sie denn hier? Sie haben doch frei ...« Frau Doktor schiebt sich aufgeregt in mein Büro. »Die Kommissarin hat schon verzweifelt versucht, sie zu erreichen.«
Meine Magenwände ziehen sich unangenehm zusammen.
»Ich rufe sie sofort zurück«, verspreche ich lahm. »Gibt's was Neues?«
»Und ob!«, bestätigt Frau Doktor ernst. »Sie haben das Auto gefunden, in dem Mignon entführt wurde!«

Der VW-Bus ist kaum zu erkennen. Ein Haufen angesengter Schrott steht da auf einer großen Lichtung im Wald,

weiträumig abgesperrt von einem rot-weißen Plastikband.
»Ja«, sagt Thomas gefasst. »Das ist er.«
Mir laufen die Tränen die Wangen herunter, ich kann mich kaum beruhigen. Die ganze Zeit bestand noch Hoffnung, dass Mignon lebt, dass ihr nichts wirklich Schlimmes geschehen ist, aber dieses halb verkohlte Auto mit eigenen Augen vor mir zu sehen, das bedeutet, dass es kein gutes Ende mehr gibt.
Hilfe suchend schaue ich Dorte Jürgens an. Sie hat uns hergeführt, Thomas und mich.
»Und Mignon?«, will ich wissen. »War sie da drin?«
Thomas reicht mir ein Taschentuch.
Dorte schüttelt den Kopf. »In dem Wrack war keine Leiche.«
»Vielleicht ist sie ... verbrannt?«, fragt Thomas.
»Nein«, sagt Dorte. »Das schafft ein Feuer wie dieses nicht. In einem Krematorium werden die Leichen bei 1500 Grad eingeäschert, und das dauert dann zwei bis drei Stunden. Das hier ... Das ist kein Vergleich.«
»War Mignon denn überhaupt in dem Auto, gibt es irgendwelche Spuren ...?«
Dorte Jürgens nickt. »Das Auto ist innen voller Blut. Viel Blut.«
»Und?«
»Wir haben eine DNA-Analyse gemacht, das Blut mit ein paar Haaren aus einem Kamm der Vermissten verglichen, genauer gesagt, mit Gewebepartikeln aus den Follikeln, die der Wurzel anhaften. Das Ergebnis ist ziemlich eindeutig: Das Blut im Auto stammt mit hoher Wahrscheinlichkeit von Mignon Pottrowski.«
Ich zucke zusammen. Ich muss mir wieder ins Gedächtnis rufen, das Mignon Thomas geheiratet hat und seither Pottrowski heißt.
»Irgendwie war es ungewöhnlich viel Blut«, murmelt die

Kommissarin. »Uns ist nicht ganz klar, bei welcher Verletzung man so viel Blut verlieren kann …«
»Beim Schächten«, sagt Thomas zynisch.
»Das wäre eine Möglichkeit«, meint Dorte Jürgens leise und schaut Thomas ganz seltsam an.
Ich zittere. Mir ist kalt. Der Wald ist mir unheimlich. Die Jahreszeit auch. Winter. Alles ist so dunkel.
»Von den Tätern haben Sie nichts gefunden?«, frage ich. »Keinen Knopf, keinen Stofffetzen?« Ich kann kaum sprechen. Mein Unterkiefer gehorcht mir nur widerwillig.
»Bis jetzt nicht«, sagt Dorte. »Die Täter haben versucht, das Auto zu verbrennen, aber es ist ihnen nicht ganz gelungen. Ein Unwetter hat ihnen einen Strich durch die Rechnung gemacht. Der Motor vorne ist explodiert, sagt unser Brandexperte. Aber der Wind hat die Flammen vom Heck weg gepeitscht. Der Regen hat ein Übriges bewirkt und das Feuer irgendwann gelöscht. Und leider auch Spuren verwischt.«
»Mein Gott!«, sagt Thomas.
»Aber wir sind ja noch nicht fertig!«, sagt Dorte Jürgens, und es klingt wie eine Kampfansage. »Irgendetwas finden wir immer.«

Ich flüchte ins Büro. Hier fühle ich mich etwas wohler als bei mir zu Hause. Das Rascheln der Papiere, das Klacken der Absätze auf dem Laminat, das Flüstern und Kichern, das hier durch alle Gänge dringt, gibt mir etwas Geborgenheit. Daheim ist es zu still ohne Nelly und Waldi, unheimlich still. Ich bete, dass die beiden wohlbehalten bei einer von Nellys Freundinnen sind und bald zurückkommen. Vielleicht hätte ich der Kommissarin doch sagen sollen, dass Nelly auch verschwunden ist?
Ich setze mich an Mignons Schreibtisch und räume ihre Unterlagen zurück in ihre Schubladen, Blatt für Blatt. Und jedes Blatt schaue ich mir kurz, aber intensiv an.

Ich habe tatsächlich all die Jahre für B. bezahlt. Oder habe ich für meine Dummheit bezahlt? Für meine Naivität? Ich war eine Deutsche, durch die Heirat mit B., und nach deutschem Recht musste ich für ihn aufkommen. Ich habe mir alles Mögliche überlegt: B. zu vergiften, mich selbst umzubringen, einfach abzuhauen, weit weg. Der letzte Gedanke war der angenehmste. Alles aufgeben und ein neues Leben anfangen, ein neues Leben, noch einmal von vorn …
Ich bin zu einem Rechtsanwalt gegangen und habe mich beraten lassen. Nichts, keine Hoffnung. Ich habe versucht, ein versöhnliches Gespräch mit B. zu führen, an seine Vernunft zu appellieren, an unsere Freundschaft. Aber da war nichts mehr, keine Vernunft, keine Freundschaft.
Wir haben uns in einem Restaurant getroffen, zur Aussprache. Als ich B. gesagt habe, dass ich nicht mehr so viel für ihn zahlen kann, dass ich nicht mehr mit diesem Existenzminimum leben möchte, da hat B. so laut gelacht, dass die Leute sich nach uns umgedreht haben. Er sei krank, hat er mir erklärt, krank geworden durch seinen Vater und durch mich, da sei nichts mehr zu machen.
Ich habe sprachlos dagesessen, dann habe ich ihm ganz ruhig vorgeschlagen, eine Therapie zu machen. B. ist aufgesprungen und hat den Tisch, an dem wir saßen, über mich gekippt. Sekt und Kaffee, Teller und Tassen, Croissants und Servietten, alles lag auf mir drauf, ich selbst lag am Boden, blutend, die Tischkante hatte mich am Kopf getroffen.
Die anderen Gäste im Lokal sind plötzlich so still gewesen, dass man die Scherben klappern hören konnte, als ich mich endlich mühsam aufrappelte. Als ich wieder klar sehen und denken konnte, war B. spurlos verschwunden, und der Ober stand mit der Rechnung vor mir.
Seit diesem Tag hatte ich Angst.

Und dann finde ich ihn wieder, den privaten Brief an Mignon.

Ma chère Mignon!
Maman ist wirklich sehr tapfer gewesen. Sie hat im Garten Gemüse angebaut und für die Leute im Dorf Vorhänge genäht. Papa hat Pétanque gespielt, Pastis getrunken und vor dem Haus auf einer Bank in der Sonne gesessen. Aber man soll nicht meinen, wenn die Leute friedlich dasitzen, gehe es ihnen gut.
Als Maman gemerkt hat, dass sie schwanger war, ist sie fast verrückt geworden. Sie war schon vierzig, und sie schämte sich vor den Leuten im Dorf. Dass sie schwanger war, bedeutete, dass sie noch Sex hatte. Das gehörte sich damals nicht mehr für eine Vierzigjährige. Als Papa dann plötzlich starb, an den Folgen der Gefangenschaft, sein Herz war schwach, da ist Maman vollends durchgedreht. Sie hatte schon drei Kinder – und jetzt warst du auch noch unterwegs! Sie wusste keine andere Lösung, als dich zur Adoption freizugeben.
Maman hat unser Haus verkauft, an reiche Deutsche, die es als Ferienwohnung nutzen wollten. Es war die einzige Lösung. Marie hat früh geheiratet, sie lebt jetzt in La Réunion. Sie war schon immer eine Abenteuerin. Jérôme ist Wissenschaftler geworden, er ist nach Amerika ausgewandert. Und ich bin eine Lehrerin.
Ich schreibe dir diesen Brief auf Deutsch. Ich weiß nicht, wie lange du schon in Deutschland lebst und wie gut dein Französisch ist. Wenn du einmal den Louvre sehen willst …

Jemand hat das untere Ende des Briefes weggerissen. Mignon? Aber am oberen Rand des Papiers ist ganz klein eine Anschrift zu lesen. Eine Adresse in Paris …
Warum hat die Kommissarin den Brief nicht behalten? Hat

sie sich Kopien gemacht? Mignon hat also drei Geschwister. Mignon, das arme Waisenkind!
Vorsichtig falte ich den Brief von Mignons Schwester zusammen. Ich stecke ihn in meine Tasche. Mignon, wo bist du? In Paris, in Amerika oder in den Kolonien?

Mittagessen

In meiner Wohnung riecht es streng nach Eiern. Nach verbrannten Eiern. Alles ist voller Qualm, ich kann meine Hand nicht vor Augen sehen. Blind und hustend taste ich mich in die Küche. Das ist ja schlimmer als im Krieg. Nein, das ist jetzt übertrieben. Das mit dem Gestank stimmt, den Husten und den Rauch habe ich dazuerfunden.
Vor meinem Herd steht eine schmale Gestalt, ein Pfannenmesser in der Hand. Sie kommt mir bekannt vor.
»Wann warst du eigentlich das letzte Mal so richtig verliebt?«, fragt mein Küchengeist.
»Nelly!« Ich stürze auf sie zu, umarme sie samt Pfannenmesser. »Mein Gott, Nelly! Ich habe mir solche Sorgen um dich gemacht. Und Margret auch. Wo hast du nur gesteckt?«
»Und?«
»Was, und?«
»Wann du das letzte Mal so richtig verliebt warst, habe ich dich gefragt!«
Gerade jetzt, möchte ich antworten. In Thomas. »Weiß nicht mehr«, murmele ich.
»Siehst du!«, sagt Nelly. »Das hab ich mir gedacht. Das müssen wir ändern. Wir suchen dir einen Mann. Wie wär's mit … Thomas?«

»Nelly ...« Ich simuliere den nächsten Hustenanfall, taumele zum Fenster, reiße es auf. »Nelly, Thomas ist Mignons Mann, und ...«
»Entschuldige«, brummt Nelly. »Hatte ich beinahe vergessen.« Und mit einer lockeren Geste fügt sie zusammenhanglos hinzu: »Mir ist ein bisschen Teig auf die heiße Herdplatte getropft.«
Ich nicke so verständnisvoll wie möglich. Nelly strahlt. Sie hat Pfannkuchen gebacken, lauter kleine, hauchdünne Pfannkuchen, eine Million ungefähr. Nein, ich übertreibe, aber zwanzig sind es bestimmt. Sie hat sie alle aufeinander getürmt und verschiedene Lagen meiner selbst gemachten Lieblingsmarmelade dazwischen geschichtet.
»Du hast jetzt keine Marmelade mehr«, sagt Nelly ganz nebenbei. »War das letzte Glas.«
Schade. Für dieses eine letzte Glas habe ich eine halbe Stunde am Herd gestanden und einen halben Tag im Erdbeerfeld gehockt. Mindestens.
»Nelly, willst du das wirklich alles essen?«
»Petterson-Kuchen. Ist Willys Lieblingsessen«, sagt Nelly und weist mit dem Pfannenmesser auf ihr Werk. »Kennst du Petterson nicht?«
»Nein«, bedaure ich.
»Petterson lebt in einem kleinen verwunschenen Haus, ganz allein, nur mit einer Katze. Willy mag ihn echt gern, findet ihn total abgefahren.«
»Sprichst du von diesem ... Kinderbilderbuch?«
»Ja, total krass, ey, voll konkret.«
Wer, konkret, ist Willy?, will ich fragen. Mir dämmert, dass es sich um Thomas' virtuellen Adoptivsohn handeln muss, und ich habe die ungute Ahnung, dass ich ihn gleich kennen lernen werde.
»Wo ist Waldi?«, erkundige ich mich. Die Frage nach Waldi erscheint mir unverfänglicher als die nach Willy.

»Ist mit Willy Gassi«, bekomme ich zur Antwort. Und so schließt sich der Kreis.

Wenig später sitze ich mit einer verliebten Nelly und einem ausgehungerten Glatzkopf am Tisch, eine sabbernde Knoblauchfleischwurst auf meinen Füßen und fünf Schichten Petterson-Kuchen auf meinem Teller. Ich war schon immer überzeugt davon, dass meine selbst gekochte Marmelade weltweit die beste ist, und Nellys Petterson-Kuchen überzeugen mich einmal mehr davon, wie Recht ich doch habe.

»Sie suchen Ihre Freundin, stimmt's?«, fragt Willy zwischen zwei Bissen. »Verschleppt, stimmt's?«

Ich nicke heftig. Das muss als Antwort reichen. Den neuesten Stand meiner Recherchen behalte ich lieber noch etwas für mich.

»Tut mir Leid!«, brummt Willy, und zu Nelly gewandt fügt er hinzu: »Stimmt's?«

Wir mampfen geräuschvoll vor uns hin. Und je länger wir so vor uns hin mampfen, desto netter finde ich Willy.

Seine Frisur ist etwas unglücklich, zugegeben. Der unbefangene Betrachter könnte dazu neigen, diesen glänzenden, nackten Schädel mit dem kleinen eintätowierten Teufelchen für das Interessanteste an Willy zu halten. Dabei hat Willy ein wohlproportioniertes Gesicht mit jungen, weichen Zügen und vollen, weichen Lippen. Etwas Sattes, Kindliches geht von ihm aus, das mich an den ganz jungen Elvis erinnert. Sein Lächeln aber ist das Schönste an ihm. Es liegt irgendwo zwischen dem siegesbewussten Lachen des jungen Che Guevara und dem unverschämten Grinsen von Andreas Baader. Dass Willys Augen groß und braun sind, sieht man nur, wenn er sie gelegentlich erschrocken aufreißt. Meistens kneift er sie zusammen, als würden in meiner Küche zehn Sonnen scheinen.

»Räumt ihr ab?«, wage ich zu fragen, als ich fertig bin.
»Ich muss wieder in die Redaktion!«
»Tante Senta«, will Nelly wissen, »kann Willy ein paar Tage bei uns bleiben?«
»Ja, aber wieso denn ...«, versuche ich Zeit zu gewinnen.
»Er ist auf der Durchreise!«, klärt Nelly mich auf.
»Auf der Flucht!«, verbessert Willy.
»Tja ... Aber warum denn das?«
»Ach«, winkt Willy ab. »Mir ist einer reingefahren. Ich habe von den Leuten, wo ich zuletzt gearbeitet hab, die Kinder in die Schule gefahren, mit deren Auto, nech, mit dem Auto der Familie. Und dann ist mir so 'n Taxifahrer einfach reingefahren, von links, auf 'ner Kreuzung, ich hatte Vorfahrt, eindeutig. Tja, und ich steige aus, er hat Schuld, alles klar, gibt er auch gleich zu. Und Wochen später will er es dann nicht mehr gewesen sein. Ich also vor Gericht. Da sagt er: Nee, *ich* bin *ihm* reingefahren. Muss man sich mal vorstellen, nech. Ich ihm. Na ja. Und als Zeugen, da hat er dann sechs Taxifahrer mitgebracht. Die sind alle in dem Moment, als ich ihm reinfuhr, an der Kreuzung vorbeigekommen und haben den Unfall gesehen ...«
»Nein!«
»Doch, echt wahr. Ich hab's ja auch nicht geglaubt. Und die konnten alle nicht aussteigen und sind weitergefahren, weil sie gerade einen Fahrgast bei sich hatten.«
»Was hat denn der Richter dazu gesagt?«
»Der? Na, der hat ihnen geglaubt. Der hat kein Auto, nehme ich mal an, der fährt immer nur Taxi und will es sich nicht mit den Taxifahrern verderben.«
»Und deshalb sind Sie jetzt auf der Flucht?«, frage ich ungläubig.
»Na ja, ich hab halt Angst, die Taxifahrer wollen mich auch noch verhauen, nech!«
»Das ist doch alles nicht wahr!«, protestiere ich.

»Nein«, lenkt Nelly ein. »Das mit dem Verhauen war ein Scherz. Willy hat vor Gericht verloren und muss jetzt die viele Kohle für den Unfall und den Prozess zusammenkriegen. Auf der Flucht ist er nicht, nur auf Wanderschaft.«
»Auf der Walz!«
»Ach ja?« Was muss ich mir darunter vorstellen?
Willy hilft mir. »In einigen Handwerksberufen geht man immer noch auf Wanderschaft: Zimmerleute, Landschaftsgärtner, Schneider oder Goldschmiede. Die Farbe der Kleidung verrät, welchen Beruf man ausübt. Zimmerleute kleiden sich in Schwarz, Schneider in Rubinrot und Gärtner in Grün ...«
»Wer hätte das gedacht?« Ich muss lachen.
Willy ist kaum zu bremsen, er ist richtig in Fahrt geraten. »Man lässt sich zunächst fremdschreiben, das heißt, man darf nicht mehr näher als fünfzig Kilometer an den Heimatort heran. Und dann geht es los. Man zieht durch die Gegend, fragt bei fremden Meistern, wer Arbeit hat. Auf die Tour kommt man herum, man lernt was dazu. Und irgendwann zieht man weiter. Das ist das Prinzip. Wenn der Briefträger dich grüßt und die Hunde nicht mehr bellen, musst du weiter.«
Ich bin erstaunt. So eine lange Rede habe ich Willy gar nicht zugetraut.
»Warum ... Warum bittet ihr nicht Thomas um eine Unterkunft?«, frage ich zaghaft. »Oder Hektor? Der hat eine schöne große Wohnung.«
»Hektor?«, jault Nelly auf. »Damit Willy zum Dressman umerzogen wird?«
»Na ja ...«
»Es ist ja nur für ein paar Tage«, bettelt Nelly. »Bis er seinen Meister gefunden hat. Ich schlafe einfach bei dir im Schlafzimmer, auf meiner Isomatte, und Willy kann das Sofa haben.«

»Das Sofa«, echoe ich dümmlich, »aha, na ja. Fein.«

Was soll ich machen? Nelly ist meine Nichte, meine einzige Nichte. Und im Moment geht es mir wirklich nicht gut. Die schmale Gratwanderung zwischen meinen Albträumen um Mignon und meinen Tagträumen für Thomas bekommt mir nicht.

»Das ist nett von Ihnen«, sagt Willy und reißt die braunen Augen auf. »Vielen Dank. Und falls mit Ihrem Dachstübchen etwas nicht in Ordnung ist ...«

»Wie bitte?«

»Willy ist Zimmermann!«, kräht Nelly.

»Ach ja?«

Das erklärt natürlich alles. Dieses seltsame Outfit, die kleine schwarze Weste, die schwarze Schlaghose, die seltsamen Schuhe mit den Blechkappen!

»Sie sollten mal mein Werkzeug sehen«, strahlt Willy. »Meinen Zimmermannshammer und meinen Meißel. Hab ich jetzt leider nicht dabei.«

»Du würdest Angst vor ihm kriegen!«, freut sich Nelly.

Ein wenig mulmig ist mir jetzt schon.

»In Darmstadt habe ich gerade ein halbes Jahr lang bei einer jungen Familie gewohnt«, erzählt Willy. »Denen habe ich gegen Kost und Logis – und ein bisschen Taschengeld natürlich – den Speicher ausgebaut. Die haben jetzt drei Zimmer mehr.«

»Da drüben«, sage ich matt und mache eine unbestimmte Bewegung Richtung Waschbecken, »unter der Spüle, die Schranktür klemmt.«

»Wo stecken Sie denn?« Frau Doktor ist böse mit mir. Ich wusste gar nicht, dass sie zischen kann wie eine Schlange. »Los, los! Ich will Ihre Beiträge sehen, und zwar bis heute Abend!« Sie hält mich am Ärmel fest und stellt sich auf die Zehenspitzen, damit sie mir besser in die Augen sehen kann. »Keine Verzögerungen mehr, Senta, hören Sie? Und lassen Sie sich mal wieder etwas Flotteres einfallen. So etwas Seichtes wie das letzte Mal will ich nie mehr lesen! Unsere Verkaufszahlen gehen rapide zurück. Kein Wunder, bei dem, was Sie sich da zusammenschreiben. Denken Sie sich mal etwas Schickes aus! So schwer kann das doch nicht sein! Oder soll ich's gleich selbst machen? Zur Not erfinden Sie einfach etwas!«
O ja. Das habe ich schon lange nicht mehr gemacht!
»Die Sache mit Mignon ...«, versuche ich zu erklären. »Ich meine, seit Mignon ...«
»Mignon, Mignon!«, schimpft Frau Doktor. Dann erstirbt ihre Stimme. Sie wendet sich ab, sucht im Ärmel ihres Chanel-Kostüms nach einem Taschentuch und schneuzt sich lautstark. »Mignon haben sie gefunden«, murmelt sie in ihr zerknülltes Tempotuch. »Einen halben Kilometer vom Auto der Entführer entfernt. Ein alter Herr mit einem Dackel ... Der Dackel hat sie gefunden.«
»Ein Dackel?«, frage ich heiser, und Frau Doktor nickt heftig. »Na ja, ich denke jedenfalls, dass es Mignon war. In der Zeitung war nur die Rede von einer Leiche. Eine junge Frau. Das wird doch Mignon sein, oder?«
»O mein Gott!« Mir wird übel. In meinem Kopf dreht sich alles. Ich gehe einen Schritt zurück, bis ich mit dem Rücken an der Wand stehe, und lehne mich an.
»Wollen Sie Mignons Stelle haben?«, flüstert Frau Doktor

Walther rau. »Ich meine, wollen Sie die *Lebensbeichte* haben? Ich gebe Ihnen eine saftige Gehaltserhöhung, und Sie machen Mignons Job einfach mit. Das schaffen Sie leicht! Sie hätten ein Büro für sich allein ...«
Ich starre Frau Doktor entsetzt an. Mignon ist gerade tot aufgefunden worden, und ...
»Verzeihung«, murmelt meine Chefin. »Ich wollte Sie das eigentlich erst nächste Woche fragen«, winkt sie ab. »Überlegen Sie es sich.« Sie strafft ihren schmalen Rücken und geht in ihr Büro, ohne sich noch einmal nach mir umzudrehen.
Ich bleibe im Flur stehen, an der Wand. Lausche dem Absatzklappern und Papiergeraschel, den Kaffeetassen und Computertasten und fühle mich ganz taub.

Beförderung

Diesmal lassen sie mich warten. Die beiden Pförtner betrachten meinen Ausweis von allen Seiten, stieren in den Monitor ihres Computers, durchforsten eine lange Namensliste. Bin ich schon in ihrer Verbrecherkartei?
Endlich rufen sie von ihrer Loge aus die Kommissarin in ihrem Büro an.
»Ja. Jaja. Ja, ist gut. Sagen wir ihr.«
Sie nicken bedächtig.
»Sie werden abgeholt«, bescheiden sie mich.
Es dauert nicht lange, da eilt Dorte Jürgens mit wehenden Rockschößen auf mich zu.
»Ich bin auf dem Weg zu einer Vernehmung«, sagt sie schnell. »Sie können einfach mitkommen. Wir reden unterwegs.«

Ich nicke benommen und folge ihr auf den Hof. Sie klettert in einen unscheinbaren alten Opel und macht mir von innen die Beifahrertür auf.
»Zivilwagen«, murmelt sie erklärend, und schon gibt sie Gas. Sie fährt wie der Henker, schneller, als die Polizei erlaubt. Ich drücke mich in den Sitz.
»Sie haben sie gefunden«, eröffne ich das Gespräch. Ich schreie fast, und ich weiß selbst nicht, ob ich nur gegen den Motor ankommen will oder ob ich so verzweifelt bin.
»Ihre Kollegin?« Dorte schüttelt energisch den Kopf. Ohne weitere Erklärungen fischt sie eine Zeitung vom Armaturenbrett und wirft sie mir herüber.
Weibliche Leiche am Tatort gefunden, steht da in Riesenlettern. Und darunter, viel, viel kleiner gedruckt:
Bereits vor zwei Jahren war in der Nähe des Tatorts die Leiche einer jungen Frau gefunden worden. Etwa einen Kilometer vom Tatort entfernt …
»Es war nicht Mignon?«, frage ich erstaunt und wiederhole erleichtert: »Es war nicht Mignon!«
»Das war vor zwei Jahren«, sagt Dorte ruhig. »Eine junge Trebegängerin. Sie hat im Wald geschlafen und ist erfroren.«
Ich starre die Kommissarin entgeistert an. »Ja … Hatte sie denn … War sie betrunken?«
»Vermutlich. Sie hatte sich mit Laub zugedeckt. Ihre Kleider hatte sie ausgezogen, ordentlich zu einem kleinen Päckchen gefaltet und neben sich gelegt. Ich kenne den Fall nicht näher, ein Kollege hat ihn damals bearbeitet. Aber diese Bilder sind mir im Gedächtnis haften geblieben.«
»Ja. Ich verstehe. Kommt das denn oft vor, dass …«
»Sie glauben gar nicht, wie viele Obdachlose so enden. Wissen Sie, wie viele Menschen jedes Jahr spurlos verschwinden?«
»Nein!« Das weiß ich nicht.

»Beim BKA sind zurzeit etwa 7600 Personen als vermisst gemeldet, Männer, Frauen, Kinder. Alle verschwunden und nie wieder aufgetaucht.«

Mich graust.

»Und wissen Sie, was der Lieblingssport der Deutschen ist?«

»Nein.« Das weiß ich auch nicht.

»Versicherungsbetrug! Wir hatten einen jungen Mann, der hat Schrottautos gekauft und damit mutwillig Unfälle gebaut. Davon hat er gelebt.«

»Ja, bei Autos«, räume ich zögernd ein.

»Wir hatten eine junge Frau, die hat sich von ihrem Freund ein Bein abhacken lassen, um eine Rente zu kassieren. Der Freund hat das Bein abgehackt und das Beil in den nahen See geschmissen und ist in die nächste Kneipe gegangen, damit er ein Alibi hatte. Die Frau hat mit ihrem Handy den Notarzt gerufen. Dann ist sie ohnmächtig geworden und hat es nicht mehr geschafft, sich das Bein ordentlich abzubinden. Bis der Rettungswagen kam, war sie verblutet.«

»Was ... was wollten die beiden denn der Polizei erzählen?«, stottere ich entsetzt.

»Dass ein fremder, böser Mann die junge Frau mit einem Beil überfallen habe«, sagt meine Kommissarin kalt. »Und wissen Sie, was ich glaube?«

»Nein. Was denn?«

»So etwas Ähnliches haben Ihre Freundin Mignon und Thomas Pottrowski auch gespielt! Sie haben einen Überfall simuliert. Ihre Freundin ist abgehauen, sie hält sich irgendwo versteckt, und ihr Mann wartet auf das Geld von der Versicherung. Wenn sie genug Geduld haben, zahlt die irgendwann, und die beiden machen sich einen netten Lebensabend.«

»Aber nein!«, protestiere ich. »Wie kommen Sie darauf? Thomas würde nie ...«

»Es gibt keine Lösegeldforderung. Es gibt keine Zeugen.

Niemand hat einen gelben VW-Bus gesehen. Die Fußabdrücke hat der Regen verwischt, aber es gibt auch sonst keine Spuren von den Tätern! So perfekt arbeitet niemand, dass wir gar nichts finden!«

»Gar nichts?«

Die Kommissarin zuckt die Achseln. »An dem Auto hat ein Heimwerker herumgebastelt, vermutlich ein Camper. Hat einen Hängeschrank eingebaut, ziemlich professionell, mit Zargen, wie sie sonst nur ein Tischler oder ein Zimmermann macht. Das kann aber auch der Vorbesitzer gewesen sein. Den suchen wir noch.«

»Einen Zimmermann?«

Die Kommissarin schaltet einen Gang zurück und wirft mir einen kurzen Blick zu. Wir sind auf der Schnellstraße. Wo will sie hin?

»Wir haben anonyme Post bekommen. Jemand hat uns einen Zeitungsbericht zugespielt, der vor neun Jahren im Wiesbadener Kurier stand. Über einen Versicherungsbetrug. Ein gewisser Thomas Pottrowski hat damals versucht, in seinem Buchladen ein Feuerchen zu legen, um viel Geld für schöne alte Erstausgaben zu kassieren. Die Sache ist aber schief gegangen. Die Versicherung konnte ihm Brandstiftung nachweisen. Der Fall ist nie aktenkundig geworden, weil die Versicherung keine Anzeige erstattet hat.«

»Aber Sie können doch Thomas ... Sie können Herrn Pottrowski kein Kapitalverbrechen anhängen, nur weil er mal ein paar Erstausgaben verbrannt hat!«, fahre ich die Kommissarin verärgert an.

Dorte Jürgens schüttelt den Kopf. »Der Wagen, in dem Ihre Freundin entführt wurde, vielmehr das, was von dem Auto noch übrig ist, ist innen von oben bis unten besudelt mit ihrem Blut. Und das macht uns nun wirklich Sorge. Wir haben keine Idee, bei welcher Gewalttat ein Opfer so viel Blut verlieren sollte.«

Wir biegen mit quietschenden Reifen von der Schnellstraße ab.
»Ja aber ... Ich meine ... Wo sollte ihr Blut denn herkommen?«
»Eine Konserve vielleicht?«, fragt Dorte Jürgens.
Ich schlucke. Will sie mich provozieren?
»Wem sollte das einfallen?«, kontere ich nervös. Und ich schmeichele: »Die Polizei ist doch nicht blöd! Es ist doch etwas naiv zu glauben, dass man so einfach einen Mord vortäuschen kann ...«
»Der Plan mit dem abgehackten Bein war auch naiv!«, sagt meine Kommissarin schlicht und tritt in die Bremsen. Wir sind da.

Wir haben vor einem Schulhof angehalten. Auf der öden asphaltierten Fläche dribbeln drei Jungen mit einem Ball. Sie versuchen abwechselnd, ihn in einen Basketballkorb zu werfen, der am Schulgebäude befestigt ist.
Die Kommissarin schält sich aus dem Auto, wirft einen Blick über ihre Sonnenbrille, lässt ihre Zigarette auf die Straße fallen und tritt sie aus.
»Was machen wir hier?«, frage ich.
»Wir suchen einen kleinen Jungen. Ging hier in die vierte Klasse. Ist seit drei Tagen spurlos verschwunden.«
»Verschwunden?«
»Wie ich schon sagte: Es verschwinden täglich viele Menschen. Wir haben schon einen Psychologen eingestellt, damit der die Angehörigen beruhigen kann.«
Ich nicke sprachlos.
»In diesem Fall haben wir schon alles versucht«, fährt sie fort, »wir haben die Taxiunternehmen angerufen, die Krankenhäuser abgeklappert. Als Nächstes werden wir die Medien informieren. Ich hoffe aber, wir finden ihn hier.«
Sie schlägt die Autotür zu, klopft kurz aufs Dach und geht

mit federnden Schritten zu den Jungen hinüber. Die drei beachten sie nicht, dribbeln weiter mit dem Ball. Da fährt sie mit einer schnellen Bewegung dazwischen, schnappt den Jungen den Ball weg, eilt mit drei, vier raschen Schritten auf den Korb zu und pfeffert den Ball hinein.

»Boh ey, krass!«

»Echt cool, Mann.«

»Voll fett!«

Der Respekt der Jungen ist ihr sofort sicher. Sie kommen näher, betrachten sie eingehend.

»Hab ich von Steffen gelernt«, höre ich sie sagen, »hat er mir beigebracht. Steffen spielt echt gut.«

Die drei stimmen ihr zu.

Ich bin inzwischen ausgestiegen und lehne am Schulhofzaun. Er ist aus Metall und fühlt sich kalt an. Der Stadtteil um uns herum ist wie ausgestorben, kein Laut zu hören, nicht einmal ein Motorengeräusch von einem Auto oder einem Moped. Ich kann gut verstehen, was zwischen Dorte und den Jungen gesprochen wird.

Dorte bietet den dreien Zigaretten an. Nun, das habe ich jetzt besser nicht gesehen. Sie sind zwischen zehn und zwölf Jahre alt, der Älteste ist höchstens dreizehn.

»Ist ja krass, dass er seinen Plan wahr gemacht hat«, höre ich Dorte sagen.

Was für einen Plan, frage ich mich, und es dauert eine Weile, bis ich begreife, dass Dorte das auch nicht weiß, dass sie einfach nur pokert.

Die Jungen nicken auch schon zustimmend. Sie tragen Hosen, die zu lang und zu weit sind und zu tief auf der Hüfte sitzen. Und sie stecken in Sweatshirts, die zu groß und zu weit sind und rote Aufschriften haben, zackig wie Graffitischrift. Ihre Jacken und ihre Schultaschen haben sie achtlos auf einen Haufen am Boden geworfen.

»Ich verstehe nur nicht, wieso er seinen Hund nicht mitge-

nommen hat«, legt Dorte nach und zieht heftig an ihrer Zigarette.
»Aber das war doch wegen des Weltraumanzugs«, kräht der Jüngste der Buben. Er ist der Einzige, der keine Zigarette bekommen hat. Die anderen haben ihn vorhin mit »Mischa« angeredet. »Steffen hatte doch solche Angst, dass der Hund nicht mitdarf, weil sie keinen passenden Weltraumanzug für ihn haben!«
Jetzt zückt Dorte ihre Polizeimarke. Und noch während die zwei Jüngeren erstaunt darauf blicken, hat sie dem Ältesten den Arm auf den Rücken gedreht.
»Lass den Timo los, du Tusse!«, brüllt der kleine Mischa und schlägt auf Dorte ein. »Hilf mir, Bastian!«
Dorte steckt die Marke weg und nimmt den Rädelsführer in den Schwitzkasten.
»Ab zum Auto, alle drei!«
Der Trupp rollt auf mich zu. Ich reiße die Autotür auf. Dorte verfrachtet die Bande auf den Rücksitz.
»Mein Partner«, stellt sie mich vor und drückt mir einen Gummiknüppel in die Hand. Ich bin ein wenig überrascht ob der plötzlichen Beförderung.
Artig setze ich mich so auf den Beifahrersitz, dass ich die drei sehen kann. Timo schaut pampig drein, Bastian ist ganz blass geworden, und der kleine Mischa weint lautlos vor sich hin. Ich reiche ihm eins von meinen Papiertaschentüchern.
»Euch passiert nichts«, verspricht Dorte mit einem Blick in den Rückspiegel. »Ich will nur den Steffen finden. Wenn ihr mir sagt, was ihr wisst, erfahren nicht einmal eure Eltern was von der ganzen Geschichte.«
»Was 'n konkret für 'ne Geschichte?«, will Mischa wissen.
»Beihilfe zur Flucht«, improvisiere ich dazwischen.
Mischa hört auf zu weinen, schnieft nur in das Tempotuch, das ich ihm gegeben habe. Auch Bastian schöpft wieder

Mut. Nur Timo, der Älteste, bleibt cool und verzieht keine Miene.
»Wie ist es«, fragt Dorte, »wollt ihr mit aufs Präsidium, oder wollt ihr hier auspacken?«
Keine Antwort.
»Der Vorteil wäre, dass dieses Gespräch jetzt unter uns bleiben könnte«, fährt Dorte fort. »Es gäbe kein Protokoll, gar nichts. Eure Eltern würden nicht benachrichtigt, eure Lehrer …«
Die drei überlegen.
»Ihr habt die Polizei belogen«, legt Dorte nach. »Ihr seid schon einmal von meinen Kollegen vernommen worden, die ganze Klasse. Und ihr habt nicht gesagt, was ihr wisst. Die Polizei mag das gar nicht, wenn sie belogen wird.«
»Der Steffen hat zu den Ufos gewollt!«, kräht der kleine Mischa. »Er wollte mit denen in den Weltraum!«
Mein Blutdruck steigt ganz plötzlich an.
»Waren seine Noten so schlecht?«, fragt Dorte.
»Nee, nicht wirklich«, übernimmt Bastian. »Aber er wollte eben unbedingt auf die Außerirdischen warten.«
Ich drehe die Seitenscheibe unseres Zivilautos herunter. Mir wird es in dieser Karre zu eng.
»Er wollte nach Hamburg«, erzählen Timo und Mischa abwechselnd weiter. »Und von da aus wollte er auf ein Schiff, als blinder Passagier.«
»Und wie wollte er nach Hamburg kommen?«, fragt Dorte sachlich.
»Na, mit dem Zug. Er wollte auf dem Bahnhof jemanden fragen, ob er mitgenommen wird. Das geht manchmal. Es gibt so Tickets, da kann man jemanden mitnehmen zum selben Preis!«
»Von Wiesbaden aus? Er wollte vom Wiesbadener Hauptbahnhof aus losfahren?«
Die Jungen nicken. Dorte nickt. Sie greift zum Handy,

wählt eine Nummer. Sie gibt präzise Anweisungen, den Wiesbadener Bahnhof mit der Hundestaffel abzusuchen. Gleichzeitig sollen die Kollegen in Hamburg gefragt werden, ob dort im Bahnhof ein Kind aufgegriffen wurde. Dorte gibt eine exakte Beschreibung von Steffen durch. Ich erfahre, dass er ähnliche Klamotten wie die anderen Jungen trägt, dass er etwas übergewichtig ist und hellblond. Er ist elf Jahre alt.

Mir ist schlecht.

»Okay, raus jetzt«, befiehlt Dorte. »Vergessen wir unser kleines Gespräch!«

»Und Sie sagen meinen Eltern nichts?«, forscht Bastian. »Dass wir es gewusst und nichts gesagt haben?«

»Nein.«

»Versprochen und nie gebrochen?«

»Versprochen und nie gebrochen«, sagt Dorte.

In die drei kommt Bewegung. Allgemeine Erleichterung macht sich breit.

»Werden Sie Steffen finden?«

»Auch das«, sagt Dorte leichthin. »Wir bringen ihn dahin zurück, wo er hingehört.«

»Kriegt er eine Strafe?«

»Bestimmt nicht. Und ihr sagt niemandem, dass die Polizei euch Zigaretten gegeben hat, klar?«

»Dürfen wir deine Polizeimarke nochmal sehen?«

Dorte reicht sie bereitwillig herum.

Ich fange an, sie zu bewundern. Sie hat so eine spielerische Leichtigkeit. Und das bei ihrem Job.

Die Fahrt geht im Affentempo zurück. Dorte ist angespannt, schaut stur aus dem Fenster.
»Woher wussten Sie, dass die Jungen auspacken würden?«
»Wusste ich gar nicht«, sagt Dorte.
»Und warum sind Sie hierher gefahren?«
»Nur so ein Gefühl.« Sie zuckt die Achseln. »Intuition. Instinkt. Nennen Sie es, wie Sie wollen. Bei uns geht ganz viel danach.«
»Wie kommt es, dass Sie so viel Verständnis für einen Ausreißer haben?«, frage ich gepresst.
»Ich war achtzehn«, erzählt Dorte bereitwillig, »hatte gerade mein Abitur. Ich war unsterblich verliebt. In einen meiner Lehrer. Er war verheiratet, was sonst, und da war auch nicht viel gewesen, ein paar viel versprechende Blicke vielleicht. Aber ich habe mich nach ihm verzehrt. Und jetzt konnte ich ihn nicht mehr täglich sehen. Ich hatte ja keinen Grund mehr, zur Schule zu gehen. Ich wusste auch nicht, was ich studieren sollte, ich hatte keinen Plan, wie mein Leben weitergehen sollte. Das Wetter war auch noch schlecht. Es hat in dem Sommer nur Bindfäden geregnet. Bis in den Juni hinein war es bitterkalt.«
Sie lacht ganz plötzlich.
»Ich wusste nicht, was ich mit mir anstellen sollte. Da habe ich meine Ersparnisse, meinen Ausweis und ein paar Sachen zusammengekramt und bin einfach weg. Ab in den Süden. Getrampt.«
»Und dann?«
»Ich bin bis nach Portugal gekommen. Ich habe verrückte Leute kennen gelernt, Fischer und Maler. Zum Schluss habe ich in der Nähe von Lissabon in einer Wohngemeinschaft gelebt und abends in einem Restaurant gejobbt. Es

war der schönste Sommer meines Lebens. Als ich zurückgekommen bin und meinen Lehrer wieder gesehen habe ... Ich habe ihn ein paar Tage nach meiner Rückkehr zufällig auf dem Markt getroffen. Er hat plötzlich so langweilig und grau ausgesehen, es war gar nichts Besonderes mehr an ihm. Da konnte ich nur noch über mich lachen.«

»Eine schöne Geschichte«, sage ich leise.

»Ja«, sagt Dorte. »Eine schöne Geschichte.«

Als wir unsere Kiste im Hof zwischen den anderen ollen Scherbeln abgestellt haben, eilt Dorte schnurstracks in ihr Büro. Ich folge ihr bei Fuß, wie ein guter Polizeihund.

In Dortes Büro sitzt ein Kind an ihrem Schreibtisch und kritzelt kleine Ufos auf polizeigrünes Papier. Es ist nicht allein. Ein Beamter in Uniform lehnt am Fenster und schiebt Wache.

Dorte bleibt stehen und atmet tief durch. Sie freut sich und kann es kaum verbergen.

»Okay. Hast du meine Akten schon alle durchgesehen?«

Steffen schaut auf und grinst schief.

»Wo wolltest du denn hin, mein Kleiner?«

»Nach Amerika«, sagt Steffen. »Da gibt es eine ganze Vereinigung, Menschen, die auf die Außerirdischen warten. Sie haben eine Landebahn gebaut für die Ufos. Die beleuchten sie Tag und Nacht. Sie sind immer in Alarmbereitschaft. Falls die Außerirdischen kommen, dann wollen sie mit ihnen ins Weltall. Sie haben ihre Koffer schon gepackt. Ihre Häuser lassen sie dann einfach offen stehen, die vergammeln eben, wenn sie im Weltraum sind. Die brauchen sie dann ja nicht mehr.«

Ich reibe mir die Schläfen. Der Text ist mir unangenehm vertraut. Ich könnte ihn mitsprechen.

»Wie bist du denn darauf gekommen?«, fragt Dorte.

»Ich habe davon gelesen, in der Zeitung, die meine Mutter

immer liest. Ich habe auch der Frau geschrieben, die man um Rat fragen kann …«
»Ich glaube, ich muss jetzt gehen«, entschuldige ich mich schnell.
Dorte schaut nur kurz auf und nickt. Sie ist noch mit Steffen beschäftigt.
»Ich glaube, wir rufen jetzt erst mal bei dir zu Hause an, dass du wieder da bist.«
»Die Frau, die immer Rat gibt, fand die Ufos auch gut«, sagt Steffen und schaut mich an. »Ich wollte, das sie mitkommt. Ich habe gehofft, wir treffen uns dort.«
Mich schauert. Ob Steffen mich erkennt? Das Foto von mir, das in der Zeitung über der Zeile ›Fragen Sie Frau Senta‹ prangt, ist fast zehn Jahre alt. Ich hatte damals eine Tortenfrisur, trug eine Rüschenbluse und sah älter aus als heute. Ich hatte bei meiner Einstellung kein anderes Foto zur Hand, und Frau Doktor wollte es später nicht mehr ändern. Die Leute hätten sich an mein Bild gewöhnt, meinte sie, große Änderungen liebten unsere Leser nicht, darauf seien sie nicht vorbereitet.
»Also dann«, murmele ich.
Draußen habe ich Mühe, aufrecht zu gehen. Zu viel Zigarettenqualm, stelle ich die Diagnose. Ich komme gerade noch heil aus dem Tor, da ist es mit meiner Haltung vorbei. Mein Frühstück landet in hohem Bogen in der Gosse, vor dem nächstbesten Haus gegenüber der Polizei.
Es ist ein Feinkostgeschäft.

Auf dem Heimweg nehme ich einen großzügigen Umweg über Mainz und fahre an Thomas' Antiquariat vorbei. Ich will ihm von meiner Entdeckung erzählen, von Mignons Geschwistern. Außerdem muss ich ihn warnen. Die Kommissarin hat ihn immer noch auf dem Kieker. Und so nett sie auch ist, sie lässt nicht mit sich spaßen. Es fehlt nicht

viel, und Thomas wandert in den Knast. U-Haft, mindestens.
Ich parke mein Auto in der einzigen freien Lücke, die ich im ganzen Viertel finden kann, fast am Rhein, und laufe zu Thomas' Laden zurück.

Vor dem Buchladen verlangsamen sich meine Schritte. Ich weiß selbst nicht, warum. Ich will nicht wieder eine seiner Sandkastenfreundinnen bei ihm antreffen, vielleicht ist es das. Der Laden ist schon geschlossen, vor der Tür ist das Rollo heruntergelassen. Ich spähe durch das Schaufenster, nur zur Sicherheit, eine kleine Vorsichtsmaßnahme, bevor ich an die Ladentür klopfe.
Meine Befürchtungen bestätigen sich. Auch diesmal ist Thomas nicht allein. Er hat wieder einmal Besuch. Ich kann nicht erkennen, wer es ist. Ich sehe nur Thomas, wie er redet und gestikuliert, und eine schwarzgekleidete Gestalt, die mir den Rücken zuwendet.
Ich recke mich, um mehr zu erkennen. Da, der Besucher macht eine unkontrollierte Bewegung auf Thomas zu. Ich fahre zusammen. Ist das nicht ... Willy? Was haben die denn so intensiv zu besprechen?
Ich trete einen Schritt zurück, um nicht gesehen zu werden, die beiden sollen nicht denken, dass ich sie bespitzele. Dabei lande ich mit meinem Pfennigabsatz in dem Gitter, das über einem Fensterschacht liegt, und knicke mit dem Fuß um. Himmel, so ein Mist! Meine neuen Schuhe! Ich bücke mich, versuche verzweifelt, den Schuh aus dem Gitter zu zerren. Als ich es endlich schaffe, den Schuh zu befreien, ist der Absatz abgebrochen. Ich richte mich wieder auf und schaue noch einmal vorsichtig in den Laden. Thomas redet immer noch auf Willy ein. Soll ich an die Scheibe klopfen, mich bemerkbar machen? Ich komme mir so dumm vor, mit meinem Absatz in der Hand. Außerdem habe ich jetzt

einen hohen und einen flachen Schuh an den Füßen und kann nur noch hinken.
Auf Zehenspitzen schleiche ich mich davon.

Kranke Nacht

In dieser Nacht schlafe ich schlecht. Aus meiner Küche dringt ein feines Summen, wie von einem Bohrer. Es scharrt und klopft. Ich will gerade aufstehen und nachsehen, da ist alles wieder still.
Zufrieden drehe ich mich auf den Bauch. Ich bin viel zu müde, um aufzustehen und nachzusehen! Viel zu müde. Oder sollte ich lieber nachsehen? Ob Nelly und Willy in der Küche ...? Da! Die Geräusche sind wieder da! Ob ich doch ...?
Ich taste nach der Nachttischlampe, mache das Licht an, schaue auf meine Armbanduhr, die ich auf dem Nachttisch liegen habe. Halb drei!
Ich lausche. Sex hört sich anders an, beschließe ich. Nelly ist nicht in Gefahr.
Ich werfe mich wieder in meine Kissen. Jetzt schellt mein Telefon. Ich taste nach der Nachttischlampe.
Es ist Thomas.
»Marlene«, röchelt er. »Mir geht's so schlecht! Ich glaube, ich bin krank.«
»Ich komme schon«, höre ich mich sagen. »Bin schon unterwegs!«
Ich schlüpfe in meine Sachen, leise, leise, und mache mich auf den Weg. Bevor ich meine Wohnung verlasse, werfe ich noch schnell einen Blick in die Küche. Alles dunkel. Alles ruhig. Ich mache das Licht an.
Auf meinem Küchentisch liegen drei Nägel.

Thomas hat Fieber. Ich sitze an seinem Bett, Stunde um Stunde, bis der Morgen graut. Ich wechsele seine Wadenwickel, streiche ihm das schweißnasse Haar aus der Stirn, dämpfe das Licht, schüttele seine Kissen auf. Solange wir uns nicht bewegen, ist kein Geräusch im Zimmer, nur der Wecker an Thomas' Bett tickt vor sich hin.

»Das war so nicht geplant«, sagt Thomas einmal. Unruhig wirft er sich herum, das Fieber quält ihn.

»Thomas«, sage ich, »willst du mir nicht einfach alles erzählen? Alles, von Anfang an?«

»Ja«, sagt Thomas. »Das will ich. Mein Mund ist nur so trocken.«

»Ich hole dir gleich etwas zu trinken«, vertröste ich ihn und setze mich gespannt an sein Bett.

»Ich war nicht immer nur Buchhändler«, beginnt Thomas leise. »Ich habe früher mal bei einer Detektei gejobbt. So kleinere Fälle.«

»Versicherungsbetrug?«, helfe ich nach.

»Vermisste Personen«, sagt Thomas und hustet.

»Und? Hast du sie gefunden?«

»Immer. So habe ich auch Mignon kennen gelernt, vor vielen Jahren. Ich habe jemanden für sie gesucht.«

»Und?«, ermutige ich ihn.

»Und natürlich auch gefunden«, setzt er selbstgefällig hinzu.

»Im Auftrag von Mignon?«

»Sie hat ihre eigene Familie gesucht, verstehst du?«

Ich nicke. Ich erinnere mich an das, was uns Eleonore Seifert erzählt hat. Mignon ist unter dem X geboren. In ihrer Geburtsurkunde steht da, wo bei anderen der Name der Mutter steht, nur ein X. Mignon X.

»Es war schrecklich für sie, nicht zu wissen, wo sie herkam und zu wem sie gehörte«, fährt Thomas fort. »Sie hat sich mit so vielen Fragen herumgequält. Ob sie ihrer Mutter

glich, ob sie ihre überschäumende Phantasie von ihrem Vater geerbt hatte ... Ob sie Geschwister hatte ...«
Ja, sie hatte Geschwister, will ich ausrufen, aber ich fürchte mich, Thomas zu unterbrechen. Ich lasse ihn lieber weiterreden.
»Vor allem wollte sie unbedingt wissen, warum ihre Eltern sie weggegeben hatten. Sie hat sich immer gefragt, warum sie das gemacht haben. Und natürlich dachte sie, ihre Eltern hätten sie nie geliebt.«
Ich versuche, mir das vorzustellen. Nicht gewollt. In die Welt geworfen. Niemanden zu haben, an dem man sich messen und gegen den man sich absetzen kann. Ein Kind will immer genauso sein wie seine Eltern. Oder auf jeden Fall ganz anders. Die Eltern sind diejenigen, an denen es sich misst. Wie aber soll es das machen, wenn es seine eigenen Eltern gar nicht kennt?
»Erzähl mir mehr!«, bitte ich. Ich muss ihm nicht sagen, wie viel ich schon weiß.
»Mignon war damals mit jemandem zusammen«, flüstert Thomas fiebrig und lacht in der Erinnerung heiser auf. »Ich habe ihn flüchtig kennen gelernt. Das war vielleicht ein komischer Kerl. Bubi, so hat sie ihn genannt. Ich frage mich bis heute, wie sie an den geraten konnte!«
Jetzt kommt Pierre-Peter, denke ich, der Legionär. Den kennen wir auch schon, ich habe seine Leiche mit eigenen Augen gesehen.
»Aber wieso nannte sie ihn Bubi?«, frage ich verwundert. Bubi ist wirklich ein drolliger Kosename für einen Legionär. Andererseits passt es zu Mignon, solche Spitznamen zu vergeben. Schließlich hat sie aus meinem Hund eine Knoblauchfleischwurst gemacht.
Thomas will mir antworten, aber er kann nur noch husten. Ich helfe ihm, sich aufzusetzen, klopfe ihm den Rücken. Er wehrt entsetzt ab, der Husten wird nur schlimmer.

»Warte, ich hole dir was zu trinken.«
Ich gehe in seine kleine Küche, suche und finde eine Zitruspresse, entsafte drei Zitronen. Ich mache Wasser heiß und gieße den Saft auf, gebe etwas Zucker zu. Ein altes Hausrezept meiner Mutter. Vitamine werden ihm jetzt gut tun.
Als ich zu Thomas zurückkomme, ist er eingeschlafen. Ich bringe es nicht übers Herz, ihn zu wecken. Stattdessen setze ich mich an sein Bett und bewache seinen Schlaf. Später lege ich ihm einen Zettel hin, dass ich zur Arbeit gefahren bin.

Verschwunden

Liebe Frau Senta!
In den siebziger Jahren hat man mir in der damaligen DDR mein Kind abgenommen und zur Adoption freigegeben. Ich lebte damals in der Hauptstadt der DDR, also in Ostberlin. Ich hatte mich in einen Touristen aus dem Westen verliebt und wollte fliehen. Ich hatte zuvor schon einige Ausreiseanträge gestellt. Was ich nicht wusste: Die DDR hatte mehrere Spitzel auf mich angesetzt. Wegen der Ausreiseanträge, die ich gestellt hatte, galt ich als nicht linientreu. Mein Fluchtversuch ist dann kläglich gescheitert. Meine Spitzel hatten mich verraten. Ich kam ins Gefängnis, mein Kind wurde mir abgenommen und kam zu Adoptiveltern. Jori war damals gerade zehn Jahre alt. Bis heute habe ich keine Spur von ihm. Können Sie mir helfen, ihn zu finden?
Nicole S. aus B.

Müde schiebe ich meine Leserpost auf meinem Schreibtisch hin und her. Was soll ich Nicole S. aus B. auf ihren Brief

antworten? Wer bin ich, fremder Leute Leben zu ordnen? Margret hat Recht: Ich weiß nichts vom Leben. Auch ich bin nur in diese Welt geworfen, ich suche selbst verzweifelt nach Antworten. Ich kenne nicht einmal die richtigen Fragen.
Ich muss an Steffen denken. Ich sehe ihn vor mir, an Dortes Schreibtisch, wie er auf polizeigrünes Papier kleine Ufos malt. Verträumt drehe ich den Brief von Nicole S. in meinen Händen hin und her, fange an, ihn zu falten und zu knicken, und ohne dass ich groß nachgedacht habe, ist ein Schiffchen daraus entstanden.
Bitte vergeben Sie mir, liebe Frau Nicole S. aus B.!
Ich nehme einen neuen Brief vom Stapel und will einen kleinen Hut basteln, das geht zack, zack. Ich habe schon eine schicke Spitze ins Papier gekniffen, dann streiche ich ihn wieder glatt und lese.

Liebe Frau Senta!
Meine Tochter ist erst vierzehn und hat sich in einen Zwanzigjährigen verliebt. Jetzt will sie die Pille. Ich halte sie noch für zu jung für Sex, aber ihr Freund ist uneinsichtig und meint, das Thema ginge mich gar nichts an …

Nelly! Ob sie heute Morgen pünktlich zur Schule gegangen ist? Ob sie Waldi vor die Tür gelassen hat? Ich beschließe auf der Stelle, eine ausgedehnte Mittagspause zu machen und Nelly eine anständige Mahlzeit zu organisieren.
Ich lege einen Zettel auf meinen Schreibtisch: Bin zum Arzt! Und eile davon.
Ich erwische gerade noch den Bus, springe am Markt heraus, kaufe zwei Portionen Moussaka beim Griechen, haste nach Hause, stürze die Treppen zu meiner Wohnung hoch.
In meiner Küche sitzt Nelly und weint.
»Was ist los, Nellykind?«
Nelly schnieft und bohrt ihre Fäuste in die Augenhöhlen.

»Willy ist weg. Einfach so. Ohne was zu sagen.«
»Brötchen holen?«, biete ich an.
»Er hat ein Loch gegraben, in deiner Küche!«
»Er hat ... bitte was?«
»Waldi hat's gefunden! Ich zeig's dir!«
Nelly erhebt sich, nimmt mich wie ein Kind an der Hand und führt mich zu meiner Spüle. »Da!« Sie öffnet die Schranktüren, bückt sich und hebt eine lose Bohle aus dem Fußboden unter der Spüle. Wir blicken in eine rechteckige Vertiefung, gerade so groß, dass meine Handtasche darin Platz finden würde. Sie ist leer.
Ich ziehe Nelly Richtung Küchentisch, bedeute ihr, sich zu setzen, und hocke mich ebenfalls hin. Die Arme weit über den Tisch gestreckt, halte ich ihre Hände und suche ihren Blick.
»Nelly! Von wem hast du die roten Schuhe?«
»Von Willy«, sagt Nelly selig. »Er mag rote Schuhe.«
»Hm. Was weißt du sonst noch über Willy, außer, dass er rote Schuhe mag?«
»Er kann nicht nur Dächer bauen, sondern auch kleinere Sachen, Schränke und so.«
»Das weiß ich.«
»Und er ist verdammt nett!«
»Jaja.«
Nelly weint wieder. Ich streichele ihr sanft den Rücken. Meine Gedanken galoppieren davon. Was wollte Willy in meiner Küche verstecken? Die roten Schuhe und ...? Den Transfusionsbeutel vom Überfall? Was nun, wenn Willy ... Die arme Nelly! Diese verdammten roten Schuhe darf meine Kommissarin nie in die Hände bekommen. Andererseits: Wenn ich ihr Willy ausliefere, ist Thomas frei! Frei von allen Verdachtsmomenten.
»Nelly, was hältst du davon, wenn wir beide übers Wochenende nach Paris fahren?«

»Wir sehen den Eiffelturm?«
»Und La Défense.«
Nelly schnieft und nickt.
»Ich habe dir dein Lieblingsessen mitgebracht!«, versuche ich Nelly aufzumuntern. »Moussaka!«
»So ein Fraß!«, mault Nelly. »Gib's Waldi. Oder besser Hektor. Der kommt auch aus Griechenland ...«
»Nelly! Du musst deine schlechte Laune ...«
Wütend reißt mir Nelly die Gabel aus der Hand, zieht die Aluschale zu sich, reißt den Deckel auf, auf meinem Küchentisch sieht es binnen Minuten aus wie bei Hempels unterm Sofa. Nelly stopft drei Gabeln Moussaka in sich hinein, rülpst.
»Kann man wirklich nicht essen«, beschwert sie sich. »Das ist ja viel zu warm!«
Ich gehe aus der Küche, um nicht auszurasten, und frische im Bad mein Make-up auf.

Als ich in die Küche zurückkomme, steht Nelly am Spülstein und singt. *»If you were a carpenter am I were a Lady ... would you still merry me and have little Babys ...«* Woher kennt sie dieses alte Lied? Ist das wieder in? Oder hat sie in meinen alten Platten herumgestöbert? Ich betrachte sie verwundert. Sie wäscht ihre Gabel ab. Den Tisch hat sie abgeräumt.
Ach, Nelly! Warum musst du dich jetzt verlieben, hat das nicht noch zwei Jahre Zeit? Und wieso muss es Willy sein? Ein Verbrecher auf Wanderschaft! Andere Mütter haben doch auch schöne Söhne.

Im Zug lesen wir Prospekte und Reiseführer. Nellys Blick saugt sich an einem Foto von den Hallen fest, dem Pariser Großmarkt. Paris ist eine Messe wert, steht darüber. Möchte wissen, wer das getextet hat. Paris ist eine Messe wert, das hat Heinrich der Vierte, der gute König der Franzosen, gesagt. Etwas in der Art wie die Heimtextil, die Grüne Woche oder die Buchmesse hatte er dabei allerdings nicht im Sinn, sondern einen katholischen Gottesdienst. Heinrich teilte das Huhn mit der Hand, heißt es. Er liebte die Frauen, von der Königin bis zur schönen Müllerin. Und er wechselte des Öfteren seinen Glauben, taktierte zwischen Hugenotten und Katholiken, um an der Macht zu bleiben. Da gehörte eine feierliche Messe schon mal zur Inszenierung.

»Werden wir zu den Hallen hinausfahren?«, will Nelly wissen.

Ich schüttele den Kopf. »Wir haben einen Auftrag!«, erinnere ich sie. Ich erzähle ihr, dass die Hallen früher mitten in der Stadt lagen. Und dass die Schickimickis und später die Touristen sich einen Spaß daraus gemacht haben, dort nach durchzechter Nacht im Abendkleid zwischen den Großhändlern Zwiebelsuppe zu essen.

»Und was ist da jetzt, wo früher die Hallen waren?«

»Ein Verkehrsknotenpunkt der Métro, ein Platz und ein Einkaufszentrum«, zähle ich auf.

Paris hat nie versucht, ein Museum zu sein. Immer ist Altes abgerissen worden, um Neuem Platz zu machen. Die Bürostadt La Défense ist supermodern und sieht auch nicht anders aus als Frankfurt oder Manhattan. Na ja, das stimmt jetzt nicht ganz. Ein paar mehr Torbögen gibt es in La Défense vielleicht doch.

In der Gare de l'Est will Nelly Croissants und eine Musikzeitschrift. Ich kaufe ihr ein Pain au Chocolat und ziehe sie ins Taxi. Die Fahrt geht quer durch die Stadt. Der Fahrer hupt und flucht, verwickelt mich in ein Gespräch. Warum wir nicht heute Morgen angekommen sind? Da war weniger Verkehr, da ist man nur so durch die Stadt geflutscht. Das nächste Mal kommen wir nachts, verspreche ich ihm, da sind die Straßen ganz frei.

Das Taxi spuckt uns im 19. Jahrhundert aus. Unsere Tour endet im Süden, unweit des Parc Montsouris. Ganz in der Nähe gibt es eine kleine verträumte Straße. Hier haben früher Künstler gewohnt, Maler. Fast alle Häuser haben Atelierfenster, die Fassaden sind überwuchert mit Efeu, in den kleinen Vorgärten warten vertrocknete Hortensien geduldig darauf, dass der Winter vorbei ist.
Nelly ist begeistert. Sie bleibt mitten auf der Straße stehen und blickt sich ausgiebig um. »Mensch, Tante Senta, warum können wir nicht hier wohnen?«
»Weil wir nicht im Lotto gewonnen haben«, antworte ich patzig. »Und jetzt komm, wir haben zu tun! Es muss das letzte Haus in der Straße sein.«

»Hallo! Ich hoffe, Sie hatten eine gute Reise!« Mignons Schwester hat die gleichen blau blitzenden Augen wie Mignon. Überhaupt erinnert sie mich an Mignon, sie ist nur gesetzter und älter. Sie begrüßt uns in perfektem Deutsch. »Ich bin eine Lehrerin für die deutsche Sprache«, erklärt sie auf unsere erstaunten Blicke hin mit einer etwas eigentümlichen Intonation.
Sie führt uns in ihr Wohnzimmer. Das Muster der Tapete harmoniert mit dem des Sofas, Tischdecke und Sofakissen haben exakt die gleichen Farben. Ich versuche mir vorzustellen, wie es hier vor hundert Jahren ausgesehen und wel-

ches Künstlergenie hier sein ausschweifendes Leben geführt haben mag.
Mignons Schwester serviert winzige Canapées und bietet uns Sherry an. Wir entscheiden uns für Wasser und Kaffee. Als wir versorgt sind, setzt unsere Gastgeberin sich endlich zu uns. Ich betrachte sie unauffällig. Ihre Halskette passt farblich haargenau zu ihren Schuhen. Ihr Haarschnitt lässt sie kindlich wirken, eine kinnlange Frisur mit einem superkurzen Pony.
»Seit wann hatten Sie Kontakt zu Mignon?«, beginne ich meine Befragung.
»Oh, lassen Sie mich nachdenken …« Ihre Stimme ist eine Oktave zu hoch für sie, die Worte bilden eine schöne Melodie. »Da hatte sie gerade den Bubi geheiratet.«
»Den Bubi? Sie hat den Fremdenlegionär doch noch geheiratet?«
Bubi! Was für ein Kosename für einen Legionär!
»Ah, non, non, non«, macht Geneviève. »Nicht der Pierre, der nicht! Der Bubi, der wollte Arzt werden. Der hat Medizin studiert!«
»Ah, ja?« Hatte Pierre-Peters Mutter nicht von einem Arzt erzählt? Von einem Arzt, in den Mignon sich verliebt hatte?
»Die sind hier aufgetaucht, Mignon und der Bubi. Die waren ganz aufgeregt. Die wollten unbedingt alles wissen, von früher, von meinen Eltern, von meinen Geschwistern.« Sie senkt die Stimme, findet plötzlich ihre natürliche Stimmlage wieder: »Meine Mutter«, sagt sie stockend, »hatte Mignon zur Adoption freigegeben. Eigentlich hätte Mignon unsere Adresse nie finden sollen. Aber die war zäh, die Mignon. Sie hat damals einen Detektiv engagiert.«
»Einen Detektiv?«, staunt Nelly. In mir keimt eine Ahnung auf, wer dieser Detektiv gewesen sein könnte.
»Unsere Mutter war sentimental«, erklärt Geneviève. »Sie

hat einen Orden von meinem Großvater zwischen Mignons Babysachen gelassen. Als Erinnerung. Einen Orden von General Franco. Dabei war dieser Großvater gar nicht besonders nett …«

»Stimmt«, ergänze ich schnell. »Er hat Ihrer Mutter das ganze Geld durchgebracht. Die arme Lolita.«

»Ah«, macht Geneviève, »Sie wissen das?«

»Ja«, gebe ich zu, »aber über diesen Bubi hätte ich von Ihnen gern mehr gewusst.«

Geneviève zupft sich ihren Kinderpony zurecht. »Ah, er war nichts Besonderes. Er hat studiert und studiert …«

»Demnach ist er mit dem Medizinstudium nie fertig geworden?«

»Aber nein. Er hat tagsüber immer nur geschlafen. Und nachts hat er an seiner Examensarbeit geschrieben, angeblich. Mignon hat ihm geglaubt, sie hat das Geld verdient, damit er Arzt werden kann. Aber es gab gar kein Examen. Er hat nur … wie sagen Sie? Gefaulenzt.«

Wir schauen uns betroffen an.

»Er war einmal über ein Wochenende hier«, fährt Geneviève fort. »Er hat auch hier die ganze Zeit auf seiner Maschine geschrieben, nachts. Ich musste ihm hier alles frei räumen.«

Ich schaue mich um. Jetzt erst fällt mir auf, dass Genevièves Wohnzimmer ein besonders schönes Atelierfenster hat. Lauter kleine Scheiben sind in naturfarbenem Holz eingefasst. Die Wintersonne bricht gleißend durch das Glas. Wenn ich ihr mein Gesicht zuwende, habe ich das Gefühl, in einem Solarium zu sein.

»Der Ort hat ihn inspiriert«, sagt sie und lacht ganz plötzlich. »Er war ein charmanter Phantast, und die arme Mignon ist auf ihn hereingefallen.«

»Wann ist denn die Sache mit der erfundenen Examensarbeit aufgeflogen?«, mischt Nelly sich ein.

»Ah, warten Sie, zum Schluss, ja.« Geneviève macht eine wegwerfende Handbewegung. »Aber da waren sie schon verheiratet, und auch nach der Scheidung musste Mignon für ihn aufkommen. Sie musste zahlen und zahlen … Und sowieso … Ich war mir immer sicher, dass er nur auf ihr Geld scharf war.«
»Ihr Geld?«
»Ihr Adoptivvater war sehr reich, er kam aus einer reichen Familie. Ihm gehörte ein großes Hotel, unten am Tarn, und viel Land. Es war klar, dass sie das eines Tages erben würde.«
»Sie haben keine Ahnung, wo dieser Bubi …?«
»Oh, là, là, aber nein. Ich weiß auch gar nichts über Mignon. Das ist jetzt alles fünfzehn Jahre her.«
»Sie haben ihr damals geschrieben …« *Ma chère Mignon!*
»Ja. Ich bekam einen Brief von ihr, den habe ich beantwortet. Dieser Detektiv hatte mich gefunden. Der Orden hat ihm den Weg gewiesen. Der Mann war schlau. Er hat den Orden in alten Büchern wiedergefunden, er hatte einen Laden mit alten Büchern. Ich verstehe nichts davon. Mignon war sehr verzweifelt, weil sie nicht wusste, wer ihre Eltern waren. Sie dachte, sie hätte keine Würzeln …«
»Wurzeln«, verbessere ich sanft.
Geneviève nickt dankbar. »Sie war sogar bei einem Psychologen deshalb. Überlegen Sie einmal! Etwa 400 000 Franzosen wissen nicht, wer ihre Eltern sind und wo sie herkommen! Das geht auf das Vichy-Regime zurück, dieses Gesetz. Man will das jetzt ändern. Die Mutter soll einen Brief hinterlassen für das Kind.«
»Immerhin hat Ihre Mutter Mignon einen Orden hinterlassen.«
»Das ist wahr. Ohne den Orden hätte der Detektiv mich nicht gefunden.«
Wozu ein Franco-Orden gut sein kann.

Zu Hause stellen wir die Koffer in die Ecke. Nelly geht sofort schlafen, ich setze mich in die Küche und schenke mir ein Glas Wein ein.
Viel schlauer sind wir in Paris nicht geworden. Mignon war also reich, eine reiche Erbin. Umso unwahrscheinlicher, dass sie mit Thomas einen Versicherungsbetrug geplant hat. Wozu hätte sie noch mehr Geld gebraucht? Und dass Thomas sie umgebracht hat, das glaube ich nun wirklich nicht. Dazu ist er immer noch viel zu sehr in sie verliebt. Leider.
Es gibt nur eine Erklärung: Mignon ist Opfer eines sinnlosen Verbrechens geworden. Mir fallen die Jugendlichen ein, die von einer Autobahnbrücke herab Steine auf unschuldige Reisende geworfen haben. Die Kinder, die ein anderes Kind in Stücke geschnitten haben, frei nach dem Drehbuch eines Horror-Videos. Satanische Mörder.

Als ich zu Bett gehen will, sehe ich, dass mein Anrufbeantworter blinkt. Ich drücke auf den Wiedergabeknopf und erstarre. Aus dem kleinen Lautsprecher dringt Thomas' ruhige Stimme.
»Liebe Frau Senta! Ich brauche deine Hilfe. Hauptkommissarin Dorte Jürgens hat mich in Untersuchungshaft genommen. Bitte ruf meinen Anwalt an. Ich habe nur einen Anruf frei ...«
Dann nennt Thomas eine Mainzer Telefonnummer.

Für einen Moment dreht sich der Boden unter meinen Füßen. In meiner Aufregung will ich Nelly wecken, ihr alles erzählen, mich bei ihr ausweinen. Aber dann beherrsche ich mich. So was hat meine Mutter immer mit mir gemacht, und es war furchtbar für mich. Ich will nicht so werden wie meine Mutter!

Ich höre den Anrufbeantworter noch mehrmals ab, versuche, die Nummer von Thomas' Anwalt aufzuschreiben, verschreibe mich dauernd. Endlich habe ich es geschafft. Ich erreiche den Mann auch sofort, er klingt ruhig und gefasst. Er beschwert sich auch nicht, dass ich ihn noch anrufe, obwohl es schon so spät ist. Er verspricht mir, sich um Thomas zu kümmern.

Ich setze mich auf mein Bett, wühle in meinem Nachttisch nach dem Brief, den Eleonore an ihre Tochter geschrieben hat. Ich habe nur noch zwei Karten, auf die ich setzen kann: Thomas' Anwalt – und die Schwester des Legionärs.

Thomas' Anwalt empfängt mich am nächsten Tag in seiner Kanzlei. Seine Büroräume sind seltsam dunkel, alles ist dunkelbraun getäfelt, vor den Fenstern sind die schweren, dunkelgrünen Samtvorhänge zugezogen. Das Mobiliar besteht fast ausschließlich aus Bauhausmöbeln, die aber alle schon etliche Jahre auf dem Buckel haben. Das Leder der Freischwinger ist bereits brüchig geworden, das Buchenholz auf den Armlehnen ist zerkratzt. Hat er die Vorhänge deshalb geschlossen? Ich sinke in einen der Sessel und harre der Dinge, die da kommen sollen.

»Es sieht schlecht aus«, sagt Thomas' Anwalt. »Und ich habe das dumpfe Gefühl, dass ich den Fall lieber abgeben sollte ...«

»Aber wieso denn?«, will ich wissen. »Was ist überhaupt passiert?«

»Die Polizei hat seine Buchhandlung untersucht. Und in einem der Regale, hinter einem Brockhaus mit Goldschnitt, haben sie ein Paar rote Pumps gefunden. Sie könnten Mignon Pottrowski gehört haben. Und was Herrn Pottrowski

belastet: An den Absätzen der Schuhe befindet sich Erde vom Tatort.«
»Nein!«
»Die ermittelnde Kommissarin ist der Ansicht, dass das vielleicht doch ein Hinweis darauf sein kann, dass Thomas Pottrowski seine Frau Mignon ermordet hat. Er wollte die Lebensversicherung kassieren und hat sie im Wald verscharrt ...«
»Aber das gibt's doch nicht!«
»Das wäre nicht das erste Mal, dass jemand so was macht.«
»Aber er liebt sie doch!«, schreie ich voller Verzweiflung. »Er liebt sie doch immer noch!« Das ist ja mein Unglück, möchte ich hinzufügen.
»Sie meinen«, fragt der Anwalt ruhig, »weil er so verwirrt und mitgenommen wirkt?«
»Er ist völlig mit den Nerven fertig!«, bestätige ich.
»Genau.« Thomas' Anwalt beugt sich zu mir vor und schiebt seinen massigen Körper dabei ein Stück weit auf den Tisch, der zwischen uns steht. »Die Polizei meint, das kann auch daher kommen, dass er mit seiner Tat nicht fertig wird.«
Der Satz trifft mich wie ein Schlag.
Ein Telefon klingelt.
Benommen sitze ich da und weiß keine Antwort.
Mein Anwalt entschuldigt sich und führt ein paar Minuten lang im Nebenraum ein Gespräch.

Als er wieder zurückkommt, habe ich mich gefangen.
»Was sagt Thomas denn ... dazu?«, will ich wissen.
»Herr Pottrowski hat *dazu* keine Erklärung.«
»Aber ich!« Ich hole tief Luft. »Die Schuhe gehören mir. Ich war mit Herrn Pottrowski und mit Hauptkommissarin Dorte Jürgens am Tatort. Später, in Herrn Pottrowskis

Buchhandlung, habe ich die Schuhe ausgezogen, weil sie dermaßen schmutzig waren ... Ich hatte – purer Zufall! – noch ein Paar saubere Turnschuhe in meiner Louis-Vuitton-Tasche, die hatte ich mir am Vormittag neu gekauft, zum Joggen. Ich hab dann die Schuhe gewechselt, und weil ich dachte, Thomas findet das jetzt albern, diese Umzieherei, diese Eitelkeit ... Er sollte nichts davon mitkriegen, da habe ich die schmutzigen roten Pumps einfach hinter ein paar Büchern verschwinden lassen.«

»Ja, aber! Gnädige Frau! Die hätte man doch irgendwann dort gefunden.«

»Ich hätte sie irgendwann heimlich ... entsorgt! Bei einer späteren Gelegenheit. Verstehen Sie, ich hatte auch gar keine Lust, mit den schmutzigen Schuhen in der Hand durch die Straßen zu laufen. So waren sie erst einmal aus dem Weg. Es war das Einfachste.«

Der Anwalt gibt seltsame Geräusche von sich, eine Mischung aus Lachen und Husten quillt aus ihm heraus, dabei hält er sich den Bauch, der rhythmisch in Bewegung geraten ist.

»Das ist jetzt aber eine Überraschung!«, skandiert er fröhlich.

Ich schenke ihm einen beleidigten Blick. So doof ist meine Geschichte nun auch wieder nicht. Frauen sind manchmal etwas unlogisch.

Honeymoon

Am Wochenende heiraten Margret und Mister Emergencyroom. Eine kleine dezente Feier, hat Margret angekündigt. Schließlich ist sie keine Debütantin mehr.

Nelly ist ganz hibbelig, furchtbar aufgeregt, aber auch verärgert.
»Ich will keinen Stiefvater. Ich kann doch zu diesem Typ nicht ›Papa‹ sagen!«
»Brauchst du ja nicht, Nellykind!«
»Also wie dann? Daniel?«
»Na ja, ich denke, so heißt er!«
»Ich könnte ihn ja bald heiraten«, maunzt Nelly.
»Nelly«, sage ich, »jetzt stell dich nicht so an und gönn deiner Mutter ihr Glück!«
»Was er nur an ihr findet?«, will Nelly wissen.
»Nun«, versuche ich. »Margret ist eine starke, mütterliche Frau ...«
»Nein«, protestiert Nelly, »mütterlich ist sie nun wirklich nicht. Sie ist selbstverliebt.«
»Okay. Margret ist eine schöne, selbstverliebte Frau. Vielleicht erinnert sie Daniel an seine eigene Mutter ...«
»Wer heiratet denn schon seine Mutter? So 'n *motherfucker*!«
»Nelly, jetzt hör aber mal auf!«

Margret hat zu einem Umtrunk ins *Weinhaus Kippel* um sechzehn Uhr eingeladen. Woran ich dabei denke, ist eine Art Spätschoppen, vielleicht mit Weinprobe. Nur die engsten Freunde, hat Margret gesagt. Darunter stelle ich mir eine Hand voll bis ein Dutzend Menschen vor.
Als Nelly und ich das *Weinhaus Kippel* betreten wollen, kommen wir in die Gaststätte kaum mehr hinein. Überall sind Menschen, Menschen, Menschen. In nachtschwarzen Anzügen und glitzernden Kleidern. Lange, seidige Roben mit Rüschen und Spitzen in Silber und Gold schweben uns entgegen.
Ich möchte die Braut erwürgen!
In Erwartung einer Weinprobe haben Nelly und ich unsere

besten Jeans angezogen und unsere schicksten Pullis. Zugegeben, andere Leute ziehen so was zum Golfen an, aber es sind unsere besten Teile, ganz neu, ausnahmsweise einmal nicht aus dem Second-Hand-Shop. Und nun stehen wir da wie zwei zerlumpte Clochards auf einem Ball von Scarlett O'Hara.

Hektor fällt uns entgegen. Er ist schon leicht beschwipst.
»Senta, Marlene ... Ich halt das nicht aus!«, meint er zu mir.
»Aber Hektor! Du hast doch jetzt deine schöne neue Wohnung, und ...«
»Nicht mehr!«, sagt Hektor und schüttelt den Kopf. »Ich wandere aus. Hab schon alles erledigt, Job gekündigt, Auto abgemeldet, Telefon, Versicherungen ... Nur die Arbeitserlaubnis, die steht noch aus. Ich werde in einem Restaurant arbeiten, direkt am Meer.«
»In Griechenland?«, fragen Nelly und ich wie aus einem Mund. »Wir kommen dich besuchen!«
»Nein«, sagt Hektor. »In Island. Ich muss mich abkühlen.«

Margret rauscht uns entgegen, strahlend wie eine Sonne. Sie trägt ein cremefarbenes Kleid im Stil der vierziger Jahre, elegant und damenhaft sieht das aus. Die Haare hat sie zu einer Banane am Kopf festgesteckt.
»Sehe ich nicht toll aus?«, flüstert Margret.
»Ja«, sage ich, »das tust du.«
»Wünscht mir Glück!«, bittet sie.
Nelly krampft ihre Hand um ihr Glas. Dann dreht sie uns abrupt den Rücken zu.
»Margret«, sage ich, »ich wünsche dir von Herzen alles Glück der Welt!«
Jemand stößt an mein Glas, Champagner schwappt über meine Hand. Schnell stelle ich mein Glas auf eines dieser

kleinen Tabletts, das die zu Pinguinen verkleideten Kellner überall im Raum herumtragen, und wische meine Finger an meinen Jeans ab.

»Danke«, sagt Margret warm. »Ich wünsche dir auch viel Glück. Und dass ihr Mignon findet.«

Ich nicke dankbar. »Vielleicht ist es besser, wenn wir sie gar nicht mehr finden.« Ich habe da so eine düstere Ahnung.

»Ich liebe dich, Margret«, flüstert Hektor.

Meine Halbschwester weint, und ich weiß nicht, ob vor Freude über ihre Hochzeit oder vor Kummer über Mignon. Vielleicht ist es auch beides, Kummer und Leid liegen sehr oft dicht beieinander. Und manchmal kennt man sich in den eigenen Gefühlen nicht mehr aus.

Im Winterwald

Es schneit, als wir am nächsten Morgen nach Taunusstein hinausfahren. Es ist kalt. Dieser Winter ist irgendwie zu lang, er hört einfach nicht auf.

Auf meine Windschutzscheibe prasseln kleine Hagelkörner, ich kann kaum etwas sehen. Nelly hat den Stadtplan auf den Knien und dirigiert mich. Rechts, links, geradeaus. Als wir vor der Adresse stehen, an die Eleonore Seifert ihren Brief schicken wollte, kann ich es kaum glauben. Wir stehen vor einem riesigen Grundstück, das mit lauter Bäumen bepflanzt ist. Es sind Tausende von Tannenbäumen! Kleine, große, mittlere, brav stehen sie auf dem Grundstück Spalier. Nur hier und da gibt es eine Lücke, ist einer abgeholzt.

»Weihnachten ist erst nächste Woche!«, sagt Nelly verwirrt.

»Hm. Was wünschst du dir eigentlich?«
»Vater, Mutter, Kind«, zählt Nelly auf. »Eine intakte Familie.«
Ich werfe ihr einen bösen Blick zu. »Du, Nelly, so einfach ist das nicht!«
»War doch nur ein Scherz«, räumt Nelly ein.
Ich mache am Ende des Grundstücks ein kleines Haus aus. Ein Knusperhäuschen, denke ich. Und hier soll Roberta Seifert wohnen?
»Nelly, ich weiß nicht recht ... Bleib du lieber im Auto, okay?«
Doch Nelly will mitkommen. Wir betreten den winterlichen Tannengarten mit gemischten Gefühlen. Der Garten ist wie ein Labyrinth. Wir tasten uns zwischen den Bäumen hindurch, verlieren bald die Orientierung. Kiefern, Lärchen, Fichten. Ihre Zweige erzittern unter den aufschlagenden Hagelkörnern, die Bäume flüstern, sie raunen mir Botschaften zu, wollen mich warnen. Ich fasse Nellys Hand. Hänsel und Gretel, denke ich, wir müssen unser Brot zerbröseln und ausstreuen, um den Weg zurückzufinden. Aber dann haben wir nichts mehr zu essen.
Plötzlich steht ein Mann vor uns. Er ist zwischen zwei Bäumen ganz unvermutet aufgetaucht.
Ich will schreien, bringe aber keinen Laut hervor.
»Haben Sie sich schon einen Baum ausgesucht?«
»Nein«, sagt Nelly fest, und ich schüttele entsetzt den Kopf.
»Wir suchen Roberta Seifert«, bringe ich schließlich hervor. »Ich hätte gern ein paar Informationen von ihr, über ihren Bruder ...«
»Robert Seifert?«, sagt der Mann ruhig. »Das bin ich.«
Ich verstehe nicht.
»Ich bin Roberta Seifert!«, variiert der Mann. »Kommen Sie ruhig mit ins Haus.«
»Roberta? Sie?«, quieke ich erschrocken.

»Tante Senta«, raunzt Nelly neben mir, »du bist echt peinlich!«
Ich reiße mich zusammen. Wir tapsen hinter Herrn Roberta her. Er führt uns in sein kleines Haus, lässt uns in der Küche Platz nehmen.
Es ist ein einfaches Haus, vermutlich Anfang der fünfziger Jahre gebaut, und es ist ziemlich beliebig eingerichtet. Die Küchenmöbel scheinen vom Flohmarkt oder vom Sperrmüll zu stammen. Die Couch, auf der wir sitzen, ist alt und fällt bald auseinander.
»Wir waren schon bei Ihrer Mutter«, beginne ich vorsichtig. »Mignon Meyer ist vor einigen Wochen spurlos verschwunden. Ich war eine Kollegin von ihr, und wir suchen sie seither.«
Roberta nickt. Ich betrachte sie genauer. Sie hat den Bartwuchs eines Mannes, ihre Gesichtszüge dagegen sind eher weich. Ihre Figur ist untersetzt und mollig, die Konturen sind nicht ganz eindeutig einem Männerkörper oder einem Frauenkörper zuzuordnen. Sie trägt Männerkleidung, aber ihre Hände sind eher klein und zierlich.
»Mignon!«, wiederholt Roberta. Ihre Stimme ist die eines Mannes. »Mignon.«
»Sie hat Ihren Bruder sehr geliebt«, sage ich, um die Vernehmung zu beschleunigen.
»O nein«, sagt Roberta ernst. »Sie hat mich geliebt. Mein Bruder hat sie mir nur weggenommen!«
»Da hat mir Ihre Mutter aber eine Menge verschwiegen!«, sage ich.
»Meine Mutter denkt ja auch immer noch, ich sei ihre Tochter«, sagt Roberta. »Dabei hat sie zwei Söhne. Zwei! Ich war schon immer ein Mann. Ein Mann im falschen Körper.«
»Und hat Mignon ... Wie hat Mignon das empfunden?«, fragt Nelly zu meiner Überraschung.

»Sie wollte einen richtigen Mann«, sagt Roberta bitter. »Sie hat meinen Bruder genommen. Dafür gehörte sie bestraft.«
»Wie meinen Sie das?«
»Die Entführung«, sagt Roberta. »Das war ihre Strafe. Alles rächt sich irgendwann. Jeder wird gerichtet, irgendwann.«
Ich muss dringend aufs Klo. Dieses Geständnis ist mir auf die Blase geschlagen. Kann ich Nelly mit Roberta allein lassen?
»Wo ist denn hier die Toilette?«, frage ich.
Roberta steht auf und zeigt mir den Weg. Ich blicke zu Nelly hinüber. Sie nickt mir ermutigend zu. Ich werde in ein kleines Bad geführt, schließe sorgfältig hinter mir ab.
Als ich fertig bin, kann ich es nicht lassen, ich öffne die kleinen Schränke und Türen der Sperrholzmöbel, die hier herumstehen. Und mache einen grauenhaften Fund.
In einer der Schubladen liegt ein Plastiksack mit einem Schlauch dran. Er ist leer, aber es sind noch Reste eines bräunlichen Inhalts darin zu erkennen. Ich habe einen Transfusionsbeutel gefunden.
Vorsichtig wickele ich ihn in ein Handtuch und stecke ihn unter meinen Pulli, versuche, ihn nicht mit den Fingern zu berühren, sondern nur mit dem Handtuch, klemme ihn in meinem Hosengürtel fest. Zitternd verlasse ich das Bad.
Als ich rauskomme, steht Roberta auch schon vor mir.
»Wollen Sie sich jetzt einen Baum aussuchen?«
»Ja, sehr gern!«, sage ich schnell. Ich habe das unbestimmte Gefühl, dass wir hier so bald wie möglich wegsollten.

Draußen sucht Nelly mit fachmännischem Auge eine Blautanne für uns aus. Der Baum ist ungefähr so groß wie Nelly. Ich zahle, und wir verladen den Baum in mein Auto, auf den Beifahrersitz. Nelly muss sich auf den Rücksitz zwängen und hinter mir Platz nehmen.

Behände klettert Nelly nach hinten, ich zwänge mich auf den Fahrersitz, ich kann kaum schalten, so ausladend ist der Baum, so viel Raum nimmt er ein. Roberta kommt auf meine Seite, um zu sehen, ob das gut geht, was wir da machen. Sie greift ins Auto, um ein paar Zweige von mir wegzudrücken. Ich fahre erschrocken hoch, dabei rutscht mir der sorgfältig in das Handtuch gewickelte Transfusionsbeutel aus meinem Hosenbund. Roberta sieht ihn, greift danach, lässt die Zweige fahren, die sie soeben festgehalten hat. Sie schreit, ich schreie auch. Roberta zieht an dem Transfusionsbeutel, er hängt an mir fest, nein, der Schlauch hat sich irgendwo verhakt. Dann greifen ihre Hände nach meinem Hals. Für einen Moment bekomme ich keine Luft mehr. Das sind keine zarten Frauenhände, das sind starke Männerhände, die mich da würgen. Ich röchele.

In diesem Moment brüllt Nelly los.

»Hilfe! Meine Augen! Ich kann nichts mehr sehen! Ich bin blind ...«

Nelly sind die Zweige ins Gesicht gewuscht, die Roberta bis eben festgehalten hatte.

»Entschuldigung ...«, murmelt Roberta erschrocken. Sie ist kein gefühlloses Wesen, offensichtlich tut Nelly ihr Leid. Sie blickt irritiert zu ihr hinüber, lässt mich für den Bruchteil einer Sekunde los. Ich nutze den Moment, stoße sie von mir, sie taumelt auf die Straße. Ich ziehe die Autotür zu, verriegele sie hastig.

Als wir anfahren, sehe ich Roberta auf der Straße tanzen. Nein, das ist kein Tanz, das ist ein Veitstanz. Sie stampft immer wieder mit dem Fuß auf, wirft ihre Fäuste in die Luft, reckt sie drohend in unsere Richtung.

Auf der gegenüberliegenden Straßenseite nehme ich jetzt ein Auto wahr. Wieso habe ich es vorhin nicht gesehen? Eine Frau sitzt darin und raucht. Hat sie uns beobachtet?

Ich kann die Frau nicht erkennen. Ich betrachte das Auto näher. Es sieht aus wie ein ganz gewöhnlicher alter Golf.
»Danke, Nelly!«, sage ich erleichtert. »Du hast uns das Leben gerettet. Das war Theater zur rechten Zeit.«
»Tante Senta«, sagt Nelly. »Diesmal war es kein Theater. Ich kann echt nix mehr sehen. Am besten, du fährst mich gleich in die Augenklinik.«
Erschrocken schaue ich in den Rückspiegel und suche Nellys Blick.
Ich erwarte, dass sie über das ganze Gesicht grinst, dass sie mich mal wieder auslacht. Aber Nellys Augen sind blutunterlaufen. Tränen rinnen über ihr Gesicht.
»Nelly, um Gottes willen, Nelly!«
»Weißt du, wo die nächste Augenklinik ist?«, fragt Nelly sachlich.

Wiedersehen

Auf das Wiedersehen mit Dorte Jürgens habe ich mich gefreut. Schwungvoll knalle ich an der Pforte meinen Personalausweis auf die Theke. Keck verlange ich nach meiner Kommissarin.
Ich werde abgeholt.
Ich weiß jetzt alles.
Meine Kommissarin wird staunen.

In Dortes Büro ziehe ich den Transfusionsbeutel unter meinem Pulli hervor und lege ihn auf ihren Schreibtisch.
Sie beugt sich darüber, betrachtet mein Mitbringsel von allen Seiten und schüttelt den Kopf.
»Wie haben Sie das geschafft?«

»Gestohlen«, gebe ich zu. Und ich füge hinzu: »Es sind keine Fingerabdrücke von mir darauf!«
»Und jetzt sind Sie stolz auf sich? Sie wollen Herrn Pottrowskis Hals wirklich um jeden Preis retten …«
»Kann ich zu ihm?«
»Sie wollen eine Besuchserlaubnis? Für den Knast? Das wird schwierig. Sie sind nicht verwandt mit ihm.«
»Aber sein Anwalt …«
Dorte droht mir mit dem Finger. »Wissen Sie eigentlich, was Sie mir hier angeschleppt haben?«
»Einen Beutel, in dem Blut war, einen Transfusionsbeutel. Roberta, die Schwester des Legionärs, war auch in Mignon verliebt. Mignon hat sie abgelehnt, Roberta war verletzt und …«
»… wollte sich rächen? Sie sehen zu viele Krimis. Ich war auch da. Auf der andern Straßenseite, die Frau im Golf, das war ich. Ich habe Sie beschattet, und dann habe ich mit Herrn Seifert gesprochen.«
»Herrn Seifert?«
»Robert Seifert. Ein Transsexueller. Er hat seinen Namen und sein Geschlecht im Pass ändern lassen.«
Ich brauche einen Moment, um zu verstehen, was sie meint.
»Herr Seifert hat sich operieren lassen. Zumindest … teilweise«, sagt Dorte leise. »Er hat den Transfusionsbeutel als Erinnerung an seine Operation behalten.«
»Und der Bart? Und die Stimme?«
»Hormone.«
»Und woher wissen Sie das alles?«
»Hat er mir alles freiwillig erzählt. Er ist ganz stolz darauf, dass er im Pass schon ein Mann ist. Das alles hätte er Ihnen sicher auch gerne erzählt. Er erzählt es jedem.«
Ich nicke benommen. Ich habe alles falsch gemacht. Statt ein Geständnis zu kassieren, habe ich mir einen Weihnachtsbaum andrehen lassen.

»Und was Herrn Pottrowski anbelangt ... Da wäre ich an Ihrer Stelle mal ganz vorsichtig!« Sie bückt sich, zieht etwas unter ihrem Schreibtisch hervor. »Wenn Sie den mal anprobieren würden?« Sie hält mir einen Pumps entgegen, einen roten, und sieht mich scharf an. »Den hatte Herr Pottrowski hinter seinen Büchern versteckt!«
Ich zögere ein bisschen, absichtlich.
»Nur zu«, ermutigt sie mich. »Der war schon im Labor. Ziehen Sie ihn an!«
Langsam ziehe ich meine Schuhe aus und schlüpfe in den Pumps.
Die Kommissarin tritt näher, betrachtet kritisch meinen Fuß.
Der Schuh passt, als wäre er für mich gemacht.
Dorte Jürgens schiebt die Unterlippe vor. »Wildleder!«, beschwert sie sich. »So gut wie keine Fingerabdrücke ...«
Ich nicke verständnisvoll. Ein Punkt für mich. Mignon und ich, wir haben uns oft gegenseitig Schuhe ausgeliehen.
Wir haben dieselbe Schuhgröße.

Heilige Nacht

Weihnachten verbringen wir in meiner Wohnung, Nelly, mein Dackel und ich. Wir haben Robertas Baum aufgestellt. Nelly hat kleine Äpfel daran aufgehängt und ein paar selbst gebastelte Strohsterne.
Willy hat sich nicht mehr bei uns gemeldet. Und Thomas sitzt noch im Knast. Bis jetzt habe ich keine Besuchserlaubnis. Dorte Jürgens hat sie mir für nächstes Jahr versprochen.
Das einzig Angenehme an diesem Weihnachten ist unser

Hot Buttered Rum, ein buchstäblich umwerfendes Getränk nach einem traditionellen amerikanischen Rezept. Man füllt ein hohes Glas zu einem Drittel mit einer Mischung aus Butter und Eiscreme, gibt ein Glas Rum dazu und heißes Wasser. Das Gebräu wird umgerührt, dann kommt eine Sahnehaube obendrauf und etwas geriebene Muskatnuss. Nelly darf nur ein halbes Glas trinken, aber ich schlage tüchtig zu. Ich gönne mir ja sonst nichts.

Ich habe einen von Mignons Briefen aus dem Büro mitgebracht, den wir uns mehrere Male gegenseitig vorlesen. Jetzt, nach all dem, was wir schon wissen, lesen wir ihn mit ganz anderen Augen.

B. ist zu meinem Albtraum geworden. Ich überweise ihm jeden Monat, was ihm zusteht – und das ist nicht wenig –, aber ihm ist es nie genug. Er lebt mit seiner Freundin in der Wohnung, die ich inzwischen abbezahlt habe, und macht sich einen faulen Lenz. (Ich frage mich, was das für eine Frau ist, die er da hat. Ein normaler Mensch kann gar nicht mit ihm auskommen.) B. hat sich so oft arbeitslos gemeldet und so viele Jobs abgelehnt, dass ihn kein Arbeitgeber mehr haben will. Er hat nur noch mich als Geldquelle. Als hätte er mit der Wohnung nicht genug bekommen!
Neulich stand er ganz plötzlich in meinem Hausflur, als ich von der Arbeit kam. Ich konnte vor Schreck nicht einmal schreien. Wie gelähmt habe ich mich zitternd gegen die Hauswand gedrückt und abgewartet, was er macht.
Er hatte ein Messer bei sich, damit ist er ganz zart meine Kehle entlanggestrichen. Vor Angst habe ich mir ... Ich musste später meine Wäsche wechseln.
Ich bin überzeugt davon, dass B. nicht ganz gesund ist. Aber ich habe auch keine Möglichkeit, ihn gegen seinen Willen in eine Klinik einweisen zu lassen.

Meine größte Angst ist, dass B. von meinem Erbe erfährt. Wenn er hört, dass mein Vater gestorben ist und dass ich eine reiche Frau geworden bin, wird B. noch öfter mit dem Messer in der Hand in meinem Hausflur auf mich warten, und ich kann Vaters Geld für ihn und seine kleine Schlampe hinblättern.
Ich bin einmal dumm genug gewesen, ihn zu heiraten. Und ich war ein zweites Mal dumm genug, den Kaufvertrag für seine Wohnung mit zu unterschreiben. Noch eine Dummheit wird mir nicht unterlaufen. Mit dem Vermögen meines Adoptivvaters werde ich mir einen schönen Lebensabend machen, da kann der liebe Bubi zusehen, wo er bleibt.

Nach dem dritten Glas Hot Buttered Rum kann ich nicht mehr klar denken. Was Nelly und mich aber nicht davon abhält, unseren Fall in allen Variationen durchzuspielen, um die Schuld oder Unschuld der von uns geliebten Männer zu ergründen. Am Ende haben wir uns auf eine Version geeinigt, die, nüchtern zusammengefasst, ungefähr Folgendes ergibt:
Es gab gar keine Entführer. Mignon hat den VW-Bus selbst gefahren. An einer genau vereinbarten Stelle hat sie scharf gebremst. Thomas hat genug Abstand gehalten, ist rechtzeitig zum Stehen gekommen. Vielleicht sind sie sogar ausgestiegen und haben sich auf offener Straße geküsst? Adieu, adieu.
Dann hat Mignon den VW-Bus in den Wald gefahren, hat ihn angezündet. Zuvor hat sie eine Blutkonserve mit ihrem eigenen Blut im Auto verteilt, zugegeben, ein bisschen zu stürmisch. Zu viel Blut. Wo sie das her hatte? Keine Ahnung. Eine Konserve für eine angeblich geplante Operation. Eine Blutspende beim Deutschen Roten Kreuz, die sie anschließend gestohlen hat. Eine befreundete Krankenschwester, die ihr noch einen Gefallen schuldig war. Da

braucht es nicht viel. Jedenfalls hat sie sich aus dem Staub gemacht, nachdem sie ihr Blut verspritzt und das Auto angezündet hatte.
Danach ist Mignon abgetaucht, verschwunden, irgendwohin, wo die Sonne lacht. Mit dem Erbe ihres Vaters. Weil sie Bubi nichts von ihrem Erbe abgeben wollte. Damit sie Bubi endlich los war.
Und Thomas? Den hat Mignon reingelegt. Der dachte, wenn die polizeilichen Ermittlungen abgeschlossen sind, kann er auch verschwinden, zu ihr auf die Insel. Aber das hatte sie nie vor. Stattdessen hat sie ihre Schuhe hinter seinen Büchern versteckt, mit Erde vom Tatort an den Absätzen. Sie hat Dorte Jürgens anonym den Artikel über Thomas' versuchten Versicherungsbetrug geschickt. Hat eine Lebensversicherung abgeschlossen, zu seinen Gunsten. Damit sich die Polizei an Thomas abarbeitet, während sie flieht. Thomas hat ihr geholfen, den Mord an ihr vorzutäuschen. Währenddessen hat sie sich ihren Mörder erfunden: Thomas.
Okay, ein guter Teil der Aufklärungsarbeit ist Nelly zu verdanken. Ich war zeitweise etwas weggetreten, wegen des Hot Buttered Rum. Aber auch noch zwei Tage nach Weihnachten, in völlig nüchternem Zustand, finde ich unsere Geschichte überzeugend und plausibel.

Dann bin ich krank. Ich liege im Bett und starre an die Decke, ich glaube, ich kann mich nie mehr bewegen.
»Was hast du?«, fragt Nelly besorgt.
Ich weiß selbst nicht, was ich habe, Husten und Liebeskummer, Rückenschmerzen und Schnupfen, Kopfweh und Weltschmerz.
»Ich habe einfach alles«, erkläre ich Nelly daher, »einfach alles.«
Sie gibt sich mit meiner Diagnose zufrieden und nickt verständnisvoll.

»Du musst Thomas aus dem Knast holen«, sagt Nelly. »Wenn Willy schon nicht wiederkommt ...«

Es erstaunt mich immer wieder, wie erwachsen Nelly sein kann. Viel erwachsener als ich.

»Nelly«, sage ich sanft. »Darüber wollte ich schon die ganze Zeit mit dir reden. Willy ... Er ist so viel älter als du. Oder nein, halt, verzeih mir, du bist noch so jung. Du hast noch so viel Zeit ...«

Lieber Gott, denke ich. Lass es mich jetzt richtig machen! Nach all den unsinnigen Briefen, mit denen ich wildfremden Leuten in ihr Leben gepfuscht habe, lass mich meiner kleinen Nichte das Richtige sagen.

»Ich weiß«, antwortet Nelly schlicht. »Ich weiß es ja selbst. Ich habe tatsächlich alle Zeit der Welt. Es ist ja auch nicht so, dass ich Willy ... Ich meine, ich mag ihn einfach. Es ist so lustig mit ihm. Und er will ja sowieso weiterziehen.«

Und dann wirft sich Nelly auf mich und mein Bett und weint fürchterlich.

Noch ein Wiedersehen

An der Pforte des Polizeipräsidiums muss ich meinen Ausweis nicht mehr vorzeigen. Man kennt mich jetzt. Ich darf ganz alleine ins Präsidium gehen, hoch in Dortes Büro.

Auf der Treppe schreitet mir meine Kommissarin entgegen. Sie trägt dicke Ohrenschützer auf dem Kopf und hat eine riesige Plastikbrille auf der Nase. Lachend nimmt sie die Verkleidung ab.

»Ich wollte gerade zur Schießübung gehen. Alle sechs Wochen müssen wir zeigen, was wir noch können. Aber kommen Sie nur!«

Ich bin aufgeregt. Thomas wird einen guten Anwalt brauchen, einen sehr guten.
»Gehen wir in mein Büro!«, sagt Dorte forsch. Ich nicke artig. Folge ihr zwei Stockwerke hoch.
Wenig später sitze ich in ihrem kleinen Zimmer ihr gegenüber am Katzentisch, die grünen Vorhänge vor Augen, polizeigrün.

»Es ist doch so«, beginnt Dorte und zündet sich eine Zigarette an. »Ihre Freundin war nicht der Typ, der jahrelang auf eine Versicherungssumme wartet. Und genau das ist der Fall, wenn man keine Leiche findet. Dann kommt es zu einem Todeserklärungsverfahren beim Nachlassgericht, und das dauert.«
Ich nicke stumm.
»Wir haben inzwischen das ganze Umfeld abgesucht«, fährt Dorte fort. »Mignon Pottrowski hat am Tag ihres Verschwindens noch Lotto gespielt. Und abends hatte sie eine Verabredung mit ihrer Verlegerin ...«
»Mit Frau Doktor Walther?«
»Exakt. So was macht niemand, der sich absetzen will.«
»Sie müssen das ja wissen.«
»Wir haben mittlerweile auch einen Zeugen für den Überfall. Ein junger Zimmermann. War auf der Walz, suchte eine Bleibe.«
Dorte lässt ihrem schönen Mund ein paar Rauchkringel entweichen. Das habe ich zuletzt im Film erlebt.
»Was hat der Zeuge gesehen?«, traue ich mich endlich zu fragen.
»Er hat einen gelben VW-Bus gesehen, der über die Landstraße jagte. In der Nähe des Tatortes. Am Steuer saßen zwei junge Männer.«
»Zwei junge Männer? Und wieso meldet er sich erst jetzt?«

»Er war auf der Walz und hat erst kürzlich erfahren, dass die Polizei Zeugen sucht.«

»Ein junger Zimmermann?«

»Ja. Willy Weimer. Ein arbeitsamer junger Geselle auf Wanderschaft. Auch das gibt's heute noch.«

»Wwww...« Willy!, möchte ich schreien. Ja, ist denn das die Möglichkeit? Thomas hat ihn gekauft, denke ich. Was hat er ihm versprochen? Die Hälfte von Mignons Versicherung? Das Loch in meinem Küchenboden fällt mir ein. Plante Willy, dort den Lohn für seine Falschaussage zu verstecken, in der Vertiefung unter meiner Spüle?

»Und das Blut ...?«, frage ich.

»O ja, das. Dazu haben wir ein zweites Gutachten angefordert. Nach Meinung der Experten kann Ihre Freundin ...« Dorte unterbricht sich. »Verzeihen Sie, für Sie muss das ja alles schrecklich sein. Es tut mir so Leid.« Sie greift nach meinem Arm und drückt ihn tröstend. »Also ... Wie soll ich es Ihnen erklären? Nach Meinung der Experten könnten die Blutspuren auch entstanden sein, wenn Mignon Pottrowski sich im Kampf gegen die Entführer ein großes Gefäß ... eine Ader am Arm oder am Bein aufgerissen und sich heftig blutend gegen die Täter gewehrt hätte.«

»Aber dann muss sie ja furchtbar viel Blut ... Bedeutet das, dass Mignon dabei verblutet ist, dass sie tot ist?«

»Ja«, sagt Dorte und schluckt. »Unseren Erfahrungen nach ist es unwahrscheinlich, dass sie einen solchen Blutverlust überlebt hat. Eines Tages wird ihre Leiche ... wird sie wer finden.«

»Und die Täter?«, frage ich.

Dorte bläst nachdenklich einen weiteren formschönen Kringel in die Luft.

»Wir haben den Exmann von Mignon Meyer vernommen.«

Sie lächelt.

»Waaas?«
»Hm. Wir haben ihn so lange hier gehalten, wie wir durften.« Sie klingt schadenfroh. Ich beuge mich zu ihr vor. Wir sind Freundinnen, in diesem Augenblick.
»Ein Schwein von Mann«, sagt Dorte leichthin. »Hat sich zeit seines Lebens auf die faule Haut gelegt und sie ausgenommen wie eine Weihnachtsgans. War regelrecht empört über das, was ihr zugestoßen ist. Weil er jetzt keinen Unterhalt mehr von ihr kriegt. Das muss man sich mal vorstellen!«
»Unglaublich«, bringe ich hervor.
Dorte zuckt mit den Achseln. »Leider konnten wir ihm nichts anhängen«, sagt sie leise und vertraulich und dann, resigniert: »Irgendwann werden wir die Suche einstellen müssen. Ein unaufgeklärter Fall mehr in den Akten.«

Ich bin wie benommen, als ich ihr Büro verlasse. Die Kommissarin weiß so viel. Wieso weiß sie nichts von Mignons Erbschaft? Vielleicht, weil Mignons Adoptivvater im Ausland lebte? Mignon hat die Gelder geschickt verschoben, das muss es sein.

Frühlingsahnen

Liebe Frau Senta!
Ich habe eine große Dummheit gemacht. Als ich sehr jung war, habe ich einen Medizinstudenten geheiratet. Gemeinsam haben wir eine kleine Wohnung gekauft und auf seinen Namen eintragen lassen. Wir waren ja verheiratet! Wir waren uns ganz sicher, wir würden uns nie trennen. Aber mein Mann ist nie Arzt geworden. Er hat sein Examen nie

gemacht, er hat nie gearbeitet und ist mir immer nur auf der Tasche gelegen. Nach meiner Scheidung wurde es nur noch schlimmer. Ich musste für ihn aufkommen und unsere gemeinsamen Schulden abbezahlen, dabei hat er die Wohnung behalten und lebt dort mit einer anderen Frau. Zuerst wollte ich ihn umbringen. Dann starb mein Adoptivvater, und ich erbte eine Menge Geld. Mein Exmann erfuhr davon und versuchte, mich unter Druck zu setzen. Von da ab wusste ich, dass es nur eine Lösung gab: selbst zu sterben. Was hätten Sie an meiner Stelle getan?
M. M.

Liebe Frau Senta!
Ein alter Freund hat mir vor einiger Zeit einen sehr großen Gefallen getan. Zum Dank dafür habe ich ihn in Schwierigkeiten gebracht. Ich weiß, das hatte er nicht verdient. Aber ich musste übereilt verreisen – übrigens in eine sehr schöne, warme Gegend! –, und ich konnte mich nicht weiter um ihn kümmern. Ich hoffe sehr, Ihnen fällt etwas ein, um ihn aufzumuntern?
Herzlichst, Amica.

Beide Briefe sind in verschiedener Handschrift geschrieben, die eine scheint von einem alten Menschen zu stammen, die andere sieht aus, als gehöre sie einem Kind.
Mignon hat sie schreiben lassen, denke ich. Irgendwo in einer paradiesischen Gegend, wo Lilien und Kakteen blühen. M. M., das ist das Kürzel für Mignon Meyer. Und Amica kommt aus dem Lateinischen und heißt übersetzt: Freundin. Meine Freundin Mignon!
Wie geschickt sie doch ist. Sie hat ihre Botschaft auf zwei verschiedene Briefe verteilt, um sie unauffälliger werden zu lassen.
Was soll ich machen? Mignon ist meine beste Freundin, sie

hat eine schreckliche Geschichte mit einem Phantasten hinter sich und eine gescheiterte Ehe mit einem gewalttätigen Erpresser. Das ist alles wahr. Und sie ist so weit aus meiner Welt, dass sie mir und Thomas nicht mehr in die Quere kommen kann.
Ich nehme Mignons Briefe, zerreiße sie behutsam in kleine Fetzen, lege sie in den Aschenbecher und zünde sie andächtig an.

Es ist Frühling geworden. Die Krokusse zeigen sich in den Modefarben der Saison, Orange, Weiß, ein heller Kupferton. Die Mädels tragen kurze Röcke. Wir haben es uns an den kleinen Tischen vor dem *Kirschgarten* gemütlich gemacht. Thomas und Willy betrachten ungeniert alles, was so vor uns auf und ab flaniert, das heißt alles, was lange blonde Beine hat. Wir lassen sie gewähren.
Willy wohnt seit seiner Zeugenaussage bei Thomas. Kürzlich hat er einen Auftrag von unserem Pfarrer bekommen. Er soll das Dach der kleinen Kapelle im Wald reparieren. Ich kann mir nicht helfen, aber ich komme von der Vorstellung nicht los, dass Nelly an der Sache gedreht hat. Immerhin hat der Pfarrer sie vor nicht allzu langer Zeit konfirmiert.
Nelly und ich werfen uns viel sagende Blicke zu, was aber nur funktioniert, wenn sie ihre Sonnenbrille gerade mal abnimmt. Seit unserem Ausflug nach Taunusstein, dem sich ein unfreiwilliger Besuch in der Augenklinik anschloss, trägt Nelly im Freien eine schwarze *Ray-Ban* zu ihrer schwarzen Lederjacke. In dem Aufzug könnte man sie glatt für eine Gangsterbraut halten.
Margret strahlt. Die Ehe tut ihr gut. Sie sitzt zwischen Mister Emergencyroom und ihrem griechischen Gott. Hektor ist seit einer Woche wieder zurück aus Island. Angeblich war es großartig dort, Schneewüsten und Geysire, Eis und

heiß. Doch als Hektors Touristenvisum abgelaufen war, haben sie ihn ziemlich frostig von der Insel seiner Träume gejagt. Er hatte die Sache mit der Aufenthaltsgenehmigung zu schlampig recherchiert. Er redet nur ungern darüber, und wir bringen die Angelegenheit auch nicht mehr aufs Tapet. Zuwanderung ist ein schwieriges Thema.

Ich muss an meine verschwundene Mignon denken. Hoffentlich geht es ihr gut. Hoffentlich findet Bubi sie nie. Obwohl ... Was sie mit Thomas angestellt hat, das war nicht sonderlich nett! Ihm so den Kopf zu verdrehen ... Andererseits: Thomas ist auch kein Engel. Auf seiner Vergangenheit liegen dunkle Schatten. Aber er schreibt schöne Gedichte.

Gerade schaut er mich versonnen an.

»Denkst du noch oft an sie?«, frage ich ihn und ärgere mich im selben Augenblick. Männer hassen solche Fragen. Aber Thomas lächelt nur und schüttelt den Kopf.

»Das ist vorbei.«

Mir liegen inzwischen diverse Geständnisse vor. Thomas hatte einen exakten Fluchtplan für Mignon ausgearbeitet. Und einen Geheimcode, unter dem Mignon eine Anzeige in der ZEIT aufgeben sollte, wenn sie in ihrem Versteck angekommen war. An ihrem Hochzeitstag. Die Details hat Thomas mir nicht so genau dargelegt, nur dass diese Anzeige nie erschien. Und dass Mignon nach der gemeinsam getürkten Entführung tatsächlich verschwunden war. Spurlos.

Ich blinzele in die Frühlingssonne. Eigentlich müsste ich glücklich sein. Aber ich weiß nicht recht. Ich liebe einen potenziellen Versicherungsbetrüger. Und Nelly schwärmt für einen Glatzkopf, der eine Falschaussage gemacht hat. Ob das sein darf? Nelly ist erst vierzehn. Na ja, sie wird dieses Jahr fünfzehn. Und Willy will ja weiter, wenn die Kapelle fertig ist. Will seine Wanderschaft durchziehen. Wenn die Hunde nicht mehr bellen und der Briefträger dich grüßt, musst du weiterziehen, hat er mir gestern noch einmal erklärt. Vielleicht kommt er endgültig wieder, wenn Nelly alt genug für ihn ist.

Gegen Mittag haben wir genug von unserem Platz an der Sonne. Wir beschließen, zum Rhein hinunterzuschlendern. Die ersten Dampfer sollen schon fahren.

Thomas will die Zeche für uns alle zahlen, die Jungs leisten ihm so lange Gesellschaft. Wir Mädels laufen schon mal los.

»Waldi?«, rufe ich. Wo ist der Hund?

Meine Augen suchen den Asphalt ab. Sie finden vier Dackelpfoten und sechs Frauenfüße. Was für ein Zufall! Margret, Nelly und ich tragen blutrote Pumps.

Und für einen Moment scheint mir, als sei das die einzig greifbare Erkenntnis aus dieser ganzen Geschichte: Rote Schuhe gibt's wie Sand am Meer.

Tatjana Kruse

Die Wuchtbrumme

Von Mord, Totschlag und weiblicher Paranoia

Band 14704

Die »Wuchtbrumme« ist eine Singlefrau der späten 90er, ein toughes Alt-Girlie, das den gängigen Idealvorstellungen von der holden Weiblichkeit in keiner Weise entspricht und zugegebenermaßen ein klein wenig unter Paranoia leidet. Sie ist dick, kodderschnäuzig und politisch unkorrekt – letzteres vor allem gegenüber Männern jeder Couleur und traditionsbewußten Hausmuttis. Andererseits läßt sie sich von echten und eingebildeten Katastrophen nicht unterkriegen, sondern nimmt ihr Leben tatkräftig selbst in die Hand, wobei sie zumeist keinen Fettnapf ausläßt. Mit ihrer Freundin Sophie verbindet sie eine heftige Haßliebe, wie das bei besten Freundinnen schon mal vorkommt. Die Storys, die sie erzählt, sind meistens mörderisch, provozierend und immer bissig.

Fischer Taschenbuch Verlag

fi 8006 / 3

Uli Aechtner
Programmschluss
Roman
Band 14959

Lizzi fristet ihre Tage mit Pralinen vor der Glotze, Doddo verbummelt ihre Freizeit in den Umkleidekabinen von Trend-Boutiquen. Als Doddos Gatte, ein berühmter Fernsehproduzent, entführt wird, werden die ungleichen Mädels zu einem fast unschlagbaren Ermittler-Team.

Spannend, komisch, hintergründig.

Fischer Taschenbuch Verlag

fi 14959 / 1

Uli Aechtner

Meine erste Million

Roman

Band 15487

Erika hat ihr gepflegtes Reihenhausdasein satt: putzen, kochen, Kind hüten und nett zum Gatten sein. Ein Leben, in dem nichts passiert. Alles ändert sich, als ihr ein anonymer Anrufer Tipps zum Aktienkauf gibt. Erika zockt heimlich an der Börse und wird reich! Doch der geheimnisvolle Fremde will abrechnen.

Eine Satire auf den Traum vom großen Geld.

Fischer Taschenbuch Verlag

fi 15487 / 1

Katharina Eckart

Ein wahnsinnig netter Bekanntenkreis

Roman

Band 14463

Rena tut alles, um dazuzugehören und ihrem illustren Bekanntenkreis zu imponieren. Als sie für sich einen umwerfenden Liebhaber erfindet, gerät sie in Beweisnot. Der Gärtner Jimmy erscheint als Retter in der Not. Doch als er nicht richtig spurt, zeigt sich, dass Rena für ihr Image sogar über Leichen geht.

Eine schwarze Komödie mit treffsicheren Seitenhieben auf den Zeitgeist, voller Witz und Sarkasmus.

Fischer Taschenbuch Verlag

fi 14463 / 1

Bettina Albrod
Eine Frau will hoch hinaus
Roman
Band 15022

Theresa hat es eilig. Sie will zu einem Vorstellungsgespräch, das ihr endlich die ersehnte Stelle als Lektorin einbringen soll. Doch dann geht gleich zu Anfang alles schief: Der Fahrstuhl nach oben bleibt stecken. Und nicht nur das. Im letzten Moment ist auch noch ein Mann dazugestiegen. Stundenlang sind die beiden eingesperrt – eine prekäre Situation. Die Zeit vergeht nur langsam, aber als die Türen sich wieder öffnen, ist Theresa fast ein Fahrstuhlfan ...

Ein origineller, gelungener Debütroman.

Fischer Taschenbuch Verlag

fi 15022 / 1

Maria Benedickt
Nichts für ungut
Roman
Band 14926

Einer international gesuchten routinierten Diebin passiert ein fatales Missgeschick: Ihre Brosche bleibt am Tatort zurück. Beim Versuch, den Schmuck zurückzuholen, kommt sie einem anderen, weit skrupelloseren Verbrecher in die Quere, der seine eigenen Ziele verfolgt und dabei über Leichen geht. Ausgerechnet Thanhäuser, ein pensionierter Polizist, steht ihr in dieser lebensbedrohlichen Lage bei.

Ein schwungvoller Roman, spannend, witzig und äußerst originell.

Fischer Taschenbuch Verlag

fi 14926 / 1